ストライクウィッチーズ
STRIKE WITCHES
Shimada Humikane & Projekt Kagonish
The world had received the attack from the existence of the mystery that appeared suddenly.
Only girls who have magic can fight against them.
They install arms in an own body, and fight in the sky, the land, and the sea.
Fights of girls who defend the world start now.
——各国選りすぐりの
機械化航空歩兵を送ってくれ
「やったぁ!・こ
スオムスも
泰たわ!」
於:北欧スオムス
エルマ・
レイヴォネン中尉

――転属か、中尉昇進かどちらかを選べ。
「転属？はぁ」
於：海洋国家ブリタニア
エリザベス・F・ビューリング少尉
――転属だ。氷と湖の国だ。
「氷と湖！わぁ！綺麗ですね～！」
於：リベリオン合衆国フロリダ沖
キャサリン・オヘア少尉
――いつでも本が読めるところに行きたくありませんか？
「……………。」
於：欧州中央カールスラント
ウルスラ・ハルトマン曹長

――あなた、スオムス派遣なの？
於：扶桑皇国欧州派遣軍
輸送船・阿波丸
迫水ハルカ一飛曹
「はいそうです。
でもよかったです～、
激戦地なんかに送られたら、
死んじゃうかもしれません」
――穴拭智子少尉。スオムス派遣を命じる。
「スオムスゥ？
なんでわたしが
スオムスなのよ！」
於：扶桑皇国明野飛行学校
飛行研究司令部室
穴拭智子少尉

祝〝いらん子中隊〟結成!!
「なんなのよ！もう、やる気あるの？」
「な、ないんじゃないでしょうか…」

# ストライクウィッチーズ

## スオムスいらん子中隊がんばる

著：ヤマグチノボル
原作：島田フミカネ＆
Projekt Kagonish

角川文庫 14407

STRIKE WITCHES
Shimada Humikane & Projekt Kagonish

# CONTENTS



口絵・本文イラスト:上田梯子
Illustration : Humikane Shimada
design work : Toshimitsu Numa（D★ Graphics）

STRIKE WITCHES

Shimada Humikane & Projekt Kagonish

# STORY

The world had received the attack from the existence of the mystery that appeared suddenly.
Only girls who have magic can fight against them.
They install arms in an own body, and fight in the sky, the land, and the sea.
Fights of girls who defend the world start now.

世界は突如出現した正体不明の存在の襲撃を受けていた。
それらに立ち向かえるのは、魔力を持った少女たちのみ。
彼女らは、みずからの体に兵器をまとい、空で、陸で、そして海で戦いを挑む。

ここ北欧の辺境国スオムスにも、
正体不明の存在・ネウロイ襲来の
危機が迫っていた……。

世界を守る少女たちの戦いが、
いま始まる。

STRIKE WITCHES

Shimada Humikane & Projekt Kagonish

# WORLD

1.扶桑皇国
2.ブリタニア連邦
3.帝政カールスラント
4.リベリオン合衆国
5.スオムス

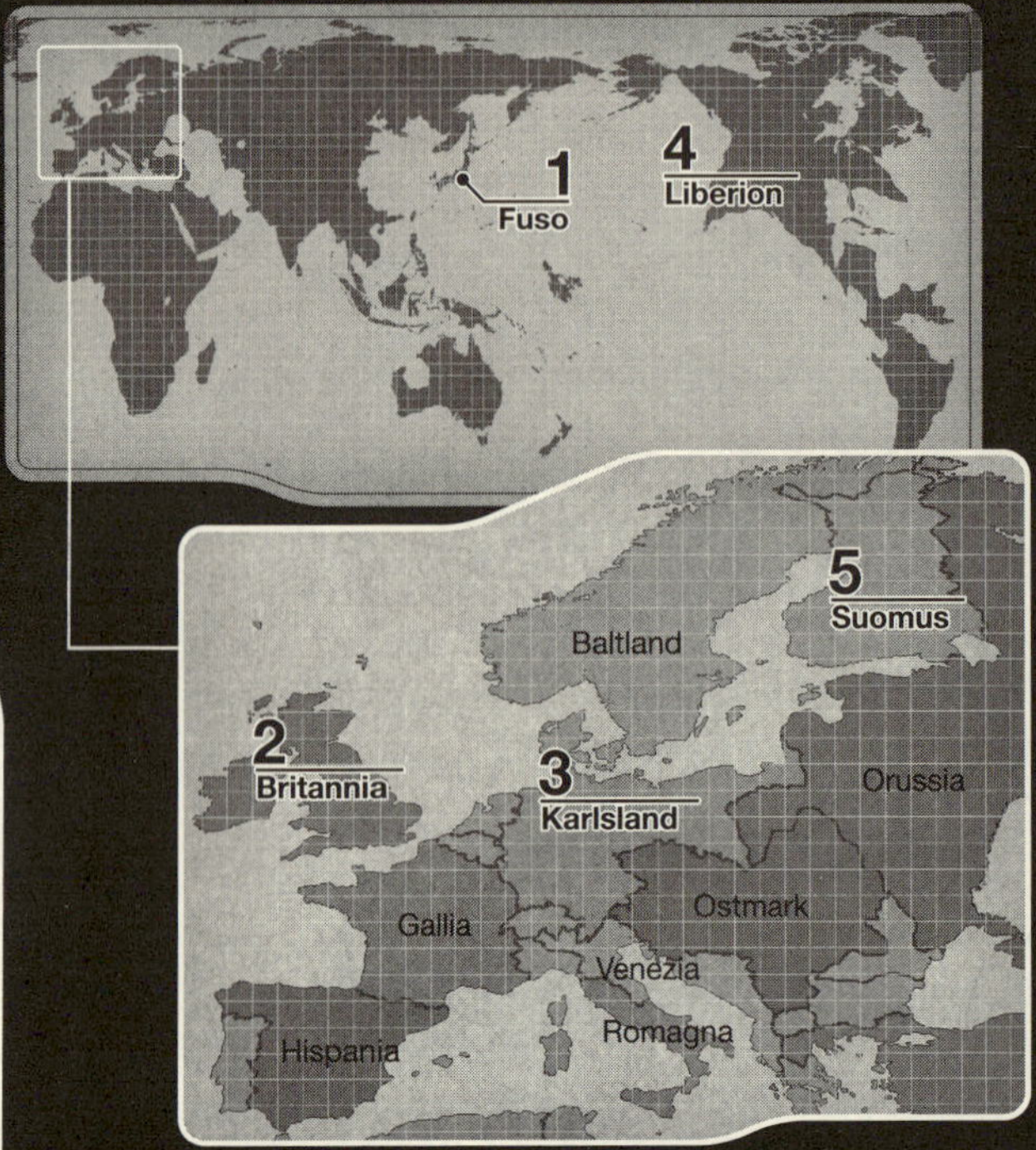

# プロローグ
PROLOGUE

STRIKE WITCHES
Shimada Humikane & Projekt Kagonish

「おい、あれ、ウィッチ《機械化航空歩兵》じゃないか？」

　そう言ってスキー兵がゴーグルを外した。髭《ひげ》もじゃの顔が覗《のぞ》く。北欧《ほくおう》の空に厚く垂れこめた雲の下、小さな点が飛んでいた。

「鳥じゃあねえな。速過ぎる」

　傍《かたわ》らの同僚《どうりょう》がつぶやく。雪焼けを防ぐためのゴーグルの奥の瞳《ひとみ》が、まだ若い。耳を澄《す》ますと、魔道《まどう》エンジンの微《かす》かな唸《うな》り声が聞こえてきた。

「やっぱり、ウィッチ《魔女》だ！　機械化航空歩兵だ！　いや、眼福だね！　彼女も偵察《ていさつ》かな。この寒い中、ご苦労なこった！」

　彼らは国境警備隊所属のスキー兵であった。北欧スオムスと、ネウロイの国境沿いの定期パトロールを行っている最中《さなか》であった。

　最近、その定期パトロールのローテーションがきつくなっている。空に向かって手を振ったあと、同僚は心配そうな口調でつぶやいた。

「空軍の〝魔女〟まで出張ってきてるってこたぁ、やっぱり、あの噂《うわさ》は本当なんじゃないか？　このスオムスにもネウロイの〝異形〟どもが攻めてくるっていう……」

髭もじゃのスキー兵は顔をしかめた。ポケットから煙草《たばこ》を取り出してくわえると、マッチを擦《す》った。

「連中はカールスラントで手《て》一杯《いっぱい》のはずだよ」

煙《けむり》とともに白い息を盛大に吐《は》き出しながら、髭もじゃのスキー兵は答える。自分に言い聞かせるような口調であった。

「攻勢《こうせい》正面を増やすような、そんな馬鹿《ばか》なことをするもんか」

千九百十七年の第一次ネウロイ大戦の終結から、二十年以上も沈黙《ちんもく》を保っていた、〝異形の軍〟ことネウロイが、欧州《おうしゅう》中央部に突然《とつぜん》の侵攻《しんこう》を開始したのは、二ヶ月前の千九百三十九年九月のこと。平和に酔《よ》っていたオストマルクを一撃《いちげき》で吹《ふ》き飛ばし、カールスラントに電撃《でんげき》的侵攻を開始したのである。欧州諸国をはじめ、世界は震撼《しんかん》した。現在、カールスラント・オストマルク国境では絶望的な防衛戦が繰《く》り広げられている。

ネウロイの侵攻は激しく、このままではカールスラントも席捲《せっけん》されてしまうのは時間の問題と思われていた。

世界各国から続々と援軍《えんぐん》が送り込まれてはいるが、強大なネウロイをいまだ食い止めるにはいたっていない。

　ネウロイは恐《おそ》ろしい敵だった。

　単純に〝強い〟という他《ほか》にも、もう一つ理由があった。

　同僚が心配そうな口調で、その理由を口にする。

「攻勢正面を増やす……。普通《ふつう》なら、確かにそんな馬鹿なことはしないよ。ただ、あいつらは人間じゃないからな。何を考えているのかちっともわからねえ。まったく、不気味な連中だよ」

　髭もじゃのスキー兵は、苦い顔で煙草を投げ捨てた。深くつもった雪にぶつかり、ジュッ、と音を立て、煙草の火が消える。

　二人が立った雪原は、国境である川岸に続く、緩《ゆる》やかにくだる丘《おか》だった。氷の張った川の向こうは、ネウロイの領土……、というよりは土地だ。やつらに領土という概念《がいねん》があるとは思えない。奥に広がる深い森を見つめ、ぶるっ！　と髭もじゃのスキー兵は身をすくめた。かつてそこは、人狼《じんろう》の種族が暮らす国だった。しかし……、現在の主人は、現れた土地の名をとって、その名で呼ばれている、〝ネウロイ《異形》〟である。

　彼らはネウロイの土地を瘴気《しょうき》で覆《おお》い、人の住めぬ不毛な土地へと変えた。そして今、欧州全土をその瘴気で覆い尽《つ》くそうとしている。その目的は、誰《だれ》にもわからない。

「いやだぜ……、祖国が瘴気に覆われるなんてよ……」

そうつぶやく同僚を、髭もじゃのスキー兵は促《うなが》した。

「まぁ、〝魔女〟がなんとかしてくれるだろうさ」

「だといいんだがな」

同僚は空を見つめた。分厚く空を覆う雲に隠《かく》れ、さきほどの点は見えなくなっていた。空の灰色が、彼の祖国の将来を暗示しているように感じる。祈《いの》るような気持ちで、いつまでも彼は空を仰《あお》いでいた。


スオムス空軍所属エルマ・レイヴォネン中尉《ちゅうい》は、スキー兵たちの上空八千フィートの蒼空《そうくう》を、北欧系特有の薄《うす》い金髪《きんぱつ》をなびかせて飛行していた。飛行と一口にいうが、どう見ても少女が普通に空を飛んでいるようにしか見えないその姿は、伝説の戦乙女《いくさおとめ》ワルキューレのようであった。すらりと伸《の》びた雪のように白い足には、無骨なファロット製魔道エンジンが光っている。魔道エンジン……、装着者の魔力を変換《へんかん》し、飛行を可能とするユニットだ。

魔力で空を飛ぶ……、彼女は、機械化航空歩兵《魔女》なのであった。

「こちらひばり、こちらひばり、〝雪女〟、聞こえますか？」

口元に延びた喉頭式《こうとう》無線機に、エルマ中尉はそう呼びかける。さっきから何度も繰り返し呼んでいるのだが、コールサイン〝雪女〟ことカウハバ空軍基地司令部は応じない。

エルマ中尉はせつなくなって、泣きそうな声をあげた。

「……うう、天下に冠《かん》たるカールスラント製なのに。壊《こわ》れちゃったのかしら。やっぱりこの寒さの所為《せい》なのかな。生まれた国をどうこういうのはあれだけど、なんでこの国ってばこんなに寒いのかな」

ぶるる、とエルマ中尉は身を震《ふる》わせた。雪と氷に覆われたスオムスの上空八千フィートは、すべてが凍《こお》りつく寒さだ。そこを百五十ノットオーバーの速度で巡航《じゅんこう》しているのだから、体感気温は想像を絶している。そんな寒さの極限の世界を薄手《うすで》の飛行服一枚のみの剝《む》き出しの身体《からだ》で飛べるのは、まったくもって選ばれた乙女のみに宿る力……、魔力《まりょく》のおかげに他ならない。

「〝雪女〟お願いします！　出てください！　出てくださーい！」

エルマ中尉は喉頭式マイクに向かって絶叫《ぜっきょう》した。

「こちら〝雪女〟。聞こえています」

やっとのことで、返信があった。冷たい、女性の声だ。雪女とあだ名される、管制《かんせい》士官のハッキネン大尉に違《ちが》いない。彼女はいついかなるときでも冷静さと冷たさを損《そこ》なわない。したがって、雪女《スノウ・ウーマン》などというあだ名を奉《たてまつ》られ、ついでそれがコールサインになった。

「なんで出てくれないんですか……。空は寒いし、寂《さび》しいし、泣きそうになっちゃいました！」

「符丁《コールサイン》」

そう言われて、エルマ中尉ははっと気づく。敵味方の識別のために、今朝《けさ》、無線の使用に際してのガイドラインをブリーフィングルームで講義されたばかりである。始末書ものだわ、とエルマ中尉は己《おのれ》のうっかりさ加減を恨《うら》みながら、ベルレーヌの詩の一節をつぶやく。

「秋の日のヴィオロンのため息の」

そこで喉頭式マイクを二度叩《たた》く。〝送レ〟の合図である。

すると、〝雪女〟が返信してきた。

「スオムスの雪風、身にしみていと寒し」

うううううう、別にあなたは寒くないでしょう。

暖炉《だんろ》の火が赤々と燃えているであろう司令部でふんぞり返っている〝雪女〟を想像して、エルマ中尉はイヤミの一つも言いたくなった。しかし、もちろん口にはしない。彼女は、気が弱いのであった。

「〝雪女〟確認《かくにん》しました。状況《じょうきょう》を報告します」

耳につけた大きな無線受話器から、ハッキネン大尉の冷たい声が響《ひび》く。

「〝ひばり〟確認しました。状況、どうぞ。なお、暖炉は使ってません」

「え？　えええ？」

「あなたが考えていることなどお見通しです、中尉。一人ぬくぬくと暖かいところから、指示を飛ばす気にはなれませんから」

食えない人ね、と思いながら、エルマ中尉は状況を報告する。

「カレリア地方、地点A－3。国境沿いを北上中。高度八千フィート、異状は確認されず」

「ちゃんと地上にも目を向けてますか？」

エルマ中尉は、国境の川向こうの森を凝視《ぎょうし》した。

「はい。キツネ一匹《ぴき》見逃《のが》さない勢いで。いつもと変わりありません」

雪化粧《ゆきげしょう》を施《ほどこ》された針葉樹林の陰《かげ》に、怪《あや》しいものは感じ取れない。しかし……、エルマ中尉は、その静けさに不安を覚えた。

川の向こうは、人の国ではない。

〝ネウロイ〟

出現した土地の名をつけられた異形たちが跳梁跋扈《ちょうりょうばっこ》する、異界なのであった。

「あの……、ハッキネン大尉」

「〝雪女〟」

「えっと、〝雪女〟。質問いいですか？」

「どうぞ」

「ネウロイはほんとに攻《せ》めてくるんでしょうか？」

「それはわたしに判断できることではないし、あなたが考えるべきことでもありません」

沈黙《ちんもく》。

ため息。

それから吐《は》き出すような声で、ハッキネン大尉《たいい》が口を開く。

「まぁ、ハッキネン個人として言うならば」

「はい」

「攻めてくるでしょうね」

「そんなぁ」

エルマ中尉はせつなくなった。

「彼らはカールスラントを攻めるので、いっぱいいっぱいなのでは……」

「〝ネウロイ〟は人ではありません。何者なのかもわかっておりません。しかし、いくつかの戦況から鑑《かんが》みるに、彼らは犠牲《ぎせい》も厭《いと》わなければ、駆《か》け引きも用いません。つまり、国境を接していれば遅《おそ》かれ早かれ必ずやってきます」

隣人《りんじん》がおすそ分けを持ってくるよ、とでも言うようななんの気負いもこもっていない声で、ハッキネン大尉が告げる。

「はぁ、そんな恐《おそ》ろしい敵がやってきたら、どうなっちゃうんでしょうかねぇ……」

「どうなるもこうなるも、あなたがたが頼《たよ》りですよ」

「そんなぁ」再び気弱な声で、エルマ中尉。

「しかたがないじゃありませんか。瘴気《しょうき》に包まれた〝ネウロイ〟に近づけるのは、あなたがた〝魔女《まじょ》〟だけなんですから」

そうなのである。機械化航空歩兵が、対ネウロイの切り札と目される理由はそこにあった。普通《ふつう》の兵士は、ネウロイに近づくことさえもできないのだ。

エルマ中尉はため息をついた。

「でも、わたしたち〝だけ〟では心もとないなぁ……」

「中尉の言うとおり、それは我らにとって重大な懸案事項《けんあんじこう》です」

「スオムス空軍の機械化航空歩兵の数は、三個飛行中隊規模ですよ？　それでどうやってこれだけ長大な国境線を守れと！」

スオムスとネウロイを隔《へだ》てる国境線は、南北に数千キロ。三個中隊ではどうにもならない。

「政府は各国に支援《しえん》を要請《ようせい》しました。飛行脚《ストライカー》だけでなく、それを操《あやつ》る魔女たちも含《ふく》めての支援要請です」

エルマ中尉の顔が輝《かがや》いた。

「ほ、ほんとですかっ！　それは明るいニュースですね！」

朗報だ。

ネウロイの侵攻《しんこう》に対抗《たいこう》するべく、スオムスは以前から飛行脚を含む兵器を世界各国から輸入していたが、人員は自前であった。それが……、いよいよ〝魔女〟をも貸してくれると言うのだった。

「ええ。ブリタニア、カールスラント、リベリオン合衆国、扶桑《ふそう》皇国……、それぞれ選《え》りすぐりの機械化航空歩兵を送ってくれるそうです」

いずれも世界の強国であった。そこからエリートたちがやってくるというのだ。

一騎《いっき》当千の頼《たよ》りになる連中に違《ちが》いない！

「やったぁ！　これでスオムスも安泰《あんたい》だわ！」

勇気百倍、欣喜雀躍《きんきじゃくやく》、喜びのあまりエルマ中尉はくるくるとバレル・ロールをおっぱじめる。

魔道エンジンから排出《はいしゅつ》される魔力の淡《あわ》い虹色《にじいろ》の華麗《かれい》な航跡《こうせき》が、灰色の空に描《えが》かれた。

海洋国家ブリタニア。

ドーバー海峡《かいきょう》をはさんで、欧州と隔てられたこの島国の一空軍基地、ペンブレイの営門では日常となったやり取りが繰《く》り広げられようとしていた。

深い闇《やみ》の帳《とばり》が下りきったこの夜更《よふ》けの時間に、ドドドドド、と低いアイドリングを奏《かな》で、一台のブラフシューペリア《オートバイ》が門の前に停《と》まったのである。

乗り手は銀色の長髪《ちょうはつ》が眩《まばゆ》い少女であった。美少女と形容していい顔立ちであったが、ゴーグルの奥に覗《のぞ》く瞳《ひとみ》には厭世《えんせい》的な何かが漂《ただよ》い、唇《くちびる》を真一文字にきっ！　と結んでいた。その二つが彼女の美しさを、近寄りがたい雰囲気《ふんいき》に変えていた。

「ビューリング少尉！　とっくに門限は過ぎてますよ！」

エンフィールド小銃《しょうじゅう》を担《かつ》いだ衛兵の少女が、困った声をあげた。しかし、ビューリング少尉と呼ばれた彼女は、そんな衛兵の剣幕《けんまく》などどこ吹《ふ》く風。

ゴーグルをあげて、彼女は胸ポケットから煙草《たばこ》を出してくわえる。パッケージには緑地に赤い丸のマーク。ネウロイとの戦いで疲弊《ひへい》したブリタニアへの、リベリオンからのレンドリース《贈り物》の一部である。

煙草をくわえたビューリング少尉は、体中のポケットを探《さぐ》り始めた。しかし、どこにもライターが見つからないことに気づくと、諦《あきら》めたように手をあげ、

「火」

と、つまらなそうな声で衛兵を促《うなが》した。

「火じゃありませんよ！　司令はカンカンですよ！　今日という今日は、少尉を営倉にぶち込めって！」

ビューリング少尉《しょうい》はブラフシューベリアのアクセルを噴《ふ》かして豪快《ごうかい》にアクセルターンをかました。

「ちょ、ちょっと！　少尉！　どこに行くんですか！」

「パブ《酒場》」

「パブって！　待って！　待ってください！　営倉入りの前に、司令が顔を出せと！　っとその、逃《に》げたり反抗《はんこう》したりしないでくださいね！　射殺許可まで与《あた》えられちゃってますから！」


「何度目の門限破りだ？　エリザベス・ビューリング少尉」

司令室の机の向こうで、大佐《たいさ》の階級章を肩《かた》につけた初老の司令が、ブリタニア空軍一の問題児を睨《にら》みつけた。マウスピースが割れるぐらいに強く、パイプをギリギリとかみ締《し》めている。

その問題児……、ビューリング少尉はゆっくりと指をおって回数を数え始めた。

「三十二回目です。サー」

真顔で、淡々《たんたん》とビューリング少尉は答えた。

司令はガリッ、とパイプのマウスピースを嚙《か》み潰《つぶ》す。

「三十二本目だ」

「なにがですか？」

苦々しげにダメになったパイプをゴミ箱に放《ほう》り込みながら、司令がつぶやく。

「私が嚙み潰したパイプの本数だ」

「道理で」

「なにが、道理で、なんだ？」

「いえ、司令がおくわえになっているパイプです。道理で、ハロッズで買ったような安物ばかりだと」

司令はビューリング少尉を親の敵《かたき》のように睨みつけた。

「私だってダンヒルをくわえたい」

それからいらだたしげに、パイプを探し始めた。つい今しがたゴミ箱に放り込んだことに気づき、いっそうこめかみの青い筋を強く浮《う》き上がらせた。そんな司令に、ビューリング少尉は己《おのれ》の煙草を突《つ》き出した。

「紙巻ですが」

パッケージのデザインを見つめ、司令は首を振《ふ》った。

「リベリオンの煙草など吸えるか」

「わたしは好きです」

とまったく遠慮《えんりょ》のない仕草で一本くわえ、ビューリング少尉は司令の机の上にあったマッチを取り上げ、擦《す》り、火をつける。

「さて、門限だけじゃないぞ。貴様の軍規違反《いはん》を数え上げたらキリがない。いくら機械化航空歩兵が軍の花形だからって、調子に乗りすぎと違《ちが》うか？　基地の全員が、ピカデリーの女優に憧《あこが》れているわけではないぞ、少尉」

そっぽを向いて、ぷかぷかと煙草をふかすビューリング少尉を睨んで、司令が言った。

「わたしは別に、自分が機械化航空歩兵だからと甘えているわけではありません。道理の通らないことには納得《なっとく》できない、それを態度で示しているだけです。門限が八時というのはどうにも理解しがたい。勤務が終わって、一杯呑《いっぱいの》んで、それで終わりではないですか。昼の苦労につりあう時間とは思えません」

司令は首を振った。

「わかったわかった。よくないが、わかった。じゃあ機種転換《てんかん》を拒《こば》んだ理由はなんだ？　大隊の全員が新鋭《しんえい》のスピットファイアを受領して、完熟訓練を行っているというのに、貴様はあのオンボロハリケーンを手放さない。整備の連中がこぼしていたぞ、少尉一人のために、予備部品を集めるのが大変です、となー！」

「新しいものがよいとは限りません」

「速度、旋回《せんかい》、高高度性能、スピットファイアはどれをとっても貴様のハリケーンより高性能だ。なんの不満がある？」

「くるくるとサーカスをやらかすなら、いい飛行脚かもしれません」

ビューリング少尉はいつもの冷たい口調で続けた。

「ただ、ネウロイは爆撃機《ばくげきき》をよこすことが多い。大きな爆撃機を相手にするには、旋回や多少の速度性能より、射撃時の安定性が高いハリケーンの方が有効です。それに……、スピットファイアは新鋭だけに不具合も多い。命を預けるんです。履《は》きなれた靴《くつ》を履いていたい、そういうことです」

何か言いたそうに、唇《くちびる》を震《ふる》わせたが、司令は次の話題へとうつった。

「わかった。いや、わかってないが、この場はわかった。さて、次はもっと大きな問題だ」

「なんなりと」

「中尉任官を断った理由はなんなのだ？　空軍省の人事にはいつも首を捻《ひね》るが、まぁ、問題はそこじゃない。昇進《しょうしん》を断るとはどういうことだ」

ビューリング少尉は、首を振った。

「わたしには中隊指揮官など務まりません」

司令は本日初めての笑《え》みを浮かべた。

「奇遇《きぐう》だな。貴様と意見があうのは初めてだ。私もそう思う。飛行脚の扱《あつか》いや、多少の射撃の腕《うで》など、指揮官としての適性には関係ないからな。空軍省のぼんくらどもの目は節穴に違いない！　しかしだな！」

どん！　と机を叩《たた》いた。

「命令は命令だ！」

「納得できません。己の分は、己が一番よくわきまえております」

しばらくの時間が過ぎた。諦《あきら》めたように首を振ると、司令は二枚の紙を取り出した。一枚は中尉への昇進辞令だった。そしてもう一枚は……。

「選べ」

「はい？」

ビューリング少尉《しょうい》は首をかしげた。

「転属か、中尉昇進かどちらかを選べ」

「転属？」

「そうだ。国内の基地をたらいまわしにするわけじゃないぞ。今さら貴様を受け入れる基地など、ブリタニア空軍内には存在せんからな。北欧のスオムスから、機械化航空歩兵の支援要請《しえんようせい》があってな、我が基地から一人、出すことになった」

「はぁ」気のない声で、ビューリング少尉。

「選ぶまでもあるまい？　氷のように寒いスオムスで、外国の連中と歩調を合わせていちにぃさんし、など、貴様がもっとも不得手とするところだ」

にやっと、司令は獲物《えもの》を追いつめた猟師《りょうし》のような笑みを浮《う》かべた。

「よくわかったら、反省して、この中尉昇進辞令にサインを……、っておい！　ビューリング！」

さっと転属命令書とペンを取りあげ、さらさらと署名をしたためるビューリング少尉に向かって、慌《あわ》てた調子で司令がつめ寄る。

「エリザベス・ビューリング少尉、転属命令了解《りようかい》しました。明日、出発します」

ビューリング少尉は司令に転属命令書を手渡《てわた》すと、見事な敬礼をしてみせた。

「了解しましたって、貴様……」

わなわなと司令は震えた。誰《だれ》も行きたがらないスオムス派遣《はけん》をちらつかせ、中尉昇進を飲ませる腹であったのだが、まったく当てが外れてしまった。この銀色の髪《かみ》の〝魔女《まじょ》〟はどこまでひねくれているんだろうか？

ビューリング少尉は、無言で司令室を後にしようとする。

「おい！　待て！　どこに行く！」

「営倉です」

顔を真っ赤にして、司令はビューリング少尉を怒鳴《どな》りつけた。

「勝手にしろ！」


リベリオン合衆国、フロリダ沖《おき》。

暖かい海域を遊弋《ゆうよく》する、巨大《きょだい》な艦影《かんえい》があった。

戦艦改装の空母、レキシントンである。

リベリオン海軍一の排水量《はいすい》を誇《ほこ》る大空母の艦橋では、航空指揮官の中佐《ちゅうさ》と艦長が心配そうに着艦する機械化航空歩兵の乙女《おとめ》たちを見つめていた。

新規に編制された航空部隊の着艦訓練の真っ最中であった。

「いやぁ、中佐」

相好《そうごう》を崩《くず》して、艦長が傍《かたわ》らの中佐に話しかける。

「なんですかな？　艦長」

「海軍のフネも、あの〝魔女《ウイッチ》〟たちが乗り組むことになって随分《ずいぶん》と華《はな》やかになったなあ」

「今に始まったことではありません。我が合衆国海軍は、列強諸国に比べ、早くから女性兵士《ウェーブ》を取り入れましたが……」

諭《さと》すように説明する中佐の言葉を、すでに艦長は聞いていない。着艦訓練を行っている機械化《魔女》航空歩兵たちの姿に夢中である。

「わぁ！　可愛《かわい》いなあ！　あの子のブロンドを見ろ！　まるでハリウッドのミュージカルスターのようだ！　ほらほら中佐！　また一人着艦したぞ！　危ない！　大丈夫《だいじょうぶ》かな？　海に落っこちるんじゃないぞ！」

まるで孫娘《まごむすめ》を猫可愛《ねこかわい》がりする老人のように、艦長は窓ガラスにはりついて叫《さけ》ぶ。そんな艦長の姿を、艦橋の連絡《れんらく》士官や他《ほか》の参謀《さんぼう》たちが唖然《あぜん》として見つめている。

一人の機械化航空歩兵が、甲板《かんぱん》に張られたロープを掴《つか》んで、優雅《ゆうが》に着艦した。すぐさま水兵たちが駆《か》け寄り、彼女を抱《だ》き上げて甲板の隅《すみ》の駐機《ちゅうき》所まで運ぶ。そこには鮮《あざ》やかなネイビーブルーに塗装《とそう》された飛行脚《ストライカー》に足を包んだ少女たちが楽しげに談笑《だんしょう》している。

「今度制式採用になったあの飛行脚は、乙女の足にはちょっと太いんじゃないかね？」

艦長が、不満げに中佐に漏《も》らした。

「ワイルドキャット《F4F》ですな。あれはなに、見た目は不格好《ぶかっこう》ですが、悪い飛行脚じゃありません。頑丈《がんじょう》だし、旋回《せんかい》性能も悪くありません」

「性能じゃない！　あんな太い靴《くつ》を履《は》かされて、少女たちが可哀想《かわいそう》じゃないか！　もっとこう、細くて、そうバレリーナが履くようなトーシューズみたいなのを履かせてやりたいのだ！」

艦長は腕《うで》を振《ふ》り回して、副官に命じた。

「甲板とつないでくれ！」

副官が大慌《おおあわ》てで、受話器を艦長に届けた。目じりを極限まで下げた艦長は、甲板の戦乙女たちに語りかけた。

「子ネコちゃんたち！　よく頑張《がんば》ったね！　お空は寒くなかったかい？　あとでごほうびをうんとあげようね！」

「わぁいありがとう！　おじさま！」

と甲板電話に群がった〝魔女〟たちの声が艦橋に響《ひび》く。艦橋につめた士官たちは、また始まったか、と首を振った。艦長は機械化航空歩兵の少女たちに、自分をおじさまと呼ばせているのであった。とんでもない艦長である。

「アイスでいいかい？　それともコーラがいいかい？　おっとドーナツかな？　おじさまのレキシントンにはなんでもあるからね！　遠慮《えんりょ》しないで言うんだよ！」

「はぁいおじさま！　わたしたち、アイスが食べたいですわ！」

「えっと、リタ、ヴィヴィアン、イングリット、マリー、ベス、サリー、リンダ……、全部で七個かな？」

目を細めて、艦長は駐機スポットで談笑する機械化航空歩兵《魔女》たちを数え始めた。

「八個です！　おじさま！」

「そうですわ！　キャサリンがまだですもの！」

その名前を聞いたとき、艦長の目がつり上がった。

「……あのテキサスの田舎娘《いなかむすめ》か。どうしたんだ？」

「着艦に手間取ってるみたい！」

艦長の顔色が蒼白《そうはく》になった。

「……ま、またか」

そのとき……、艦橋のスピーカーに、叫びが響いた。

「キャサリン・オヘア少尉《しょうい》！　着艦しまーす！」

どこまでも陽気で、明るい声だ。その大音量に、艦橋の全員が耳を押さえた。艦長が呆然《ぼうぜん》とつぶやく。

「あ、あの、壊し屋《クラッシャー》・オヘアか……」

すぐに航空指揮官が我にかえり、艦長《かんちょう》の手から無線電話をひったくる。

「おい！　オヘア少尉！　なんでお前が空にあがってるんだ！　三ヶ月間の飛行停止処分を忘

れたのか！」

「わたしだけ仲間外れはずるいでーす！」

「ずるいとかずるくないとかそういう問題じゃない！　もう艦内に予備機はないんだぞ！　わかってるのか！」

「今度はだいじょうぶでーす！　しっかりと着艦！　決めるですよーよ！」

キャサリン少尉の思いっきり脳天気な声が聞こえてくる。艦長は、艦尾《かんび》方向が見える窓に駆け寄った。レキシントンの艦尾に向かって、小さな青い点がヨロヨロと近づいてくるのが見えた。隣《となり》に来た中佐《ちゅうさ》が、頭をかきむしる。

「なんだあのアプローチは！　どこで変針しとるんだ！　それにあの高度！　まるっきりダメじゃないか！　あれじゃあ艦のどこかにぶつかるぞ！」

次に艦長が叫んだ。

「ガッデム！　ガッデム！　ガッデムッ！　あのカウガールを空にあげたやつは誰《だれ》だ！　あの南部の粗忽者《そこつもの》を機械化航空歩兵にしたやつは誰だ！」

「見ててくださーい！　おじさま！」

「お前はおじさまと呼ぶな！　お前なんかに呼ばれたくはない！」

よたよたと、一機のワイルドキャット《F4F》が這《は》うようにして飛んできた。その飛行脚《ストライカー》のボリュームに劣《おと》らない、肉感的なキャサリンのボディが遠目によく見えた。ばかでかいという形容が似合う胸が眩《まぶ》しい。しかし、その胸のおかげで著《いちじる》しく飛行バランスを崩《くず》している。着艦のために低速になるとそのやばさが際立《きわだ》つらしい。

甲板《かんぱん》の真ん中に誘導員《ゆうどういん》が飛び出して、紅白の手旗を交差させる。バッテンのマーク。着艦は無理だからやりなおせのサインだ。

「ダイジョブでーす！　さがっててくださーい！」

「静止索《さく》を七番まで全部立てとけ！　いや、緊急《きんきゅう》ネットを用意しろ！」

と中佐が、艦内電話に向かってがなる。

目を血走らせた艦長が、そこに割り込んだ。

「あいつを撃《う》ち落とせ！　ガンズフリー《使用兵器自由》！　こまいのでかいのなんでもいい！　とにかくあいつめがけてぶっ放せ！　ええおい！　ガンズフリー《使用兵器自由》だっつの！　早く！　今度はわたしのレキシントンがぶち壊される！」

どちらの命令も間に合わない。ぐんぐんとワイルドキャット《F4F》を装備したキャサリン少尉はレキシントンに近づいてきた。

しかし、高度が低すぎる。

あのままでは艦尾にぶつかる！

「ぎゃあ！　やっちまったぁ！」

艦橋でその様子をはらはらしながら見守っていた艦長と中佐は思わず顔を押さえた。どんがらがっしゃーん！　とかそんな音を想像した。

しかし、何も聞こえてこない。と、二人は顔をあげる。

大丈夫《だいじょうぶ》だったのか？

大丈夫じゃなかった。

「わぁ！　ちょっと浮《う》きすぎましたぁ！」

キャサリン少尉は艦尾に激突《げきとつ》しそうになったので、今度は高度を上げたらしい。ふわりと浮かんで、そのまま甲板上空をふらふらとさ迷っている。

「そのまま横の海面に落ちろ！　艦に近づくな！」

「ソーリィ！　わたし泳げませーん！」

キャサリンは下を向くと、手を突《つ》き出し……、一本の静止索を摑《つか》んだ。着艦するために、背の高さほどに張られたロープである。しかし、どうにも無茶な姿勢で摑んだので、プロペラが斜《なな》め上を向いてしまった。

「きゃあ！　ミスタープロペラ！　そっち向いたらいけませーん！」

おまけに魔道《まどう》エンジンの制御《せいぎょ》に失敗し、キャサリン少尉は艦橋の横に行き先を変更《へんこう》することになった。

「どいてどいて！　皆《みな》さんどいてくださーい！」

「いやぁああああああああああ！」

そこは……、怯《おび》えた顔の機械化航空歩兵たちが……、さきほど着艦した〝魔女〟たちが待機している駐機《ちゅうき》所であった。

ぐわらがごっしゃごごぐわがっしゃーん！

と派手な音が響《ひび》く。

「きぃやああああああ！」

と可憐《かれん》な少女たちの叫《さけ》びが、その破壊音《はかいおん》に混じる。

へなへなと、艦橋の中の艦長は膝《ひざ》をついた。

「新鋭《しんえい》のワイルドキャット《F4F》八機が全損……。機械化航空歩兵七名が負傷……」

艦橋の真ん中、キャサリン少尉《しょうい》を前にして、苦々しげに艦長がつぶやく。

「なのになんでお前だけ、怪我《けが》一つしてないんだ？」

あれだけの大事故にもかかわらず、キャサリン少尉は奇跡《きせき》的に無傷であった。

「ラッキーストライク！　ついてますね！」

満面の笑《え》みで、キャサリン少尉が言った。艦長《かんちょう》は頭を抱《かか》えて、がっくりと肩《かた》を落とした。隣《となり》では航空指揮官の中佐《ちゅうさ》が、ぶつぶつと指を折ってなにやら数を数えている。

「今日は八機……。これで搭載《とうさい》した新鋭機が三十二機、全損……、全損……」

おもむろに顔をあげると、艦長はキャサリン少尉に指を突きつけた。

「わかってるのかッ！　ええおいッ！　この南部のひょっとこどっこいッ！　搭載機を全部ぶっこわしやがって！　陸《おか》で牛の世話でもしてりゃあいいものを、どうしてまた海軍なんかに入ってきたッ！」

キャサリンはよくぞ聞いてくれました、と言わんばかりに顔を輝《かがや》かせた。

「ミーですね！　海と空が大好きなんです！」

「はぁ？」

窓から見える青々と広がる空を指差し、キャサリン少尉は叫んだ。

「ミー、いっつもテキサスで夢見てましたね！　空がこんなに青いなら、海ってどれだけ青いんだろうって！」

「だから海軍に入ったと」

「はい！　海軍機械化航空歩兵、最高ですね！　空と海の両方に、心が洗われて……、透《す》き通る気分ですね！」

艦長は天井《てんじょう》を仰《あお》いだ。さて、どうしたもんかと呆然《ぼうぜん》としていると……。

連絡《れんらく》士官が飛び込んできた。

「艦長！　ワシントンの作戦本部からです！」

「なんだ」

電報を受け取った艦長は、食い入るようにその電文を見つめた後、安心したようにため息をついた。

キャサリン少尉は目を輝かせて、くるくると回った。

「わたし、もっと練習しますね！　それがわたしを入れてくれた海軍への恩返しだと思いまーす！」

「いくらお前が練習したくてもな、残念ながらこのレキシントンには、一機の飛行脚《ストライカー》も残っていない」

「えええ？　そうだったんですか？」

「ええええじゃない！　誰《だれ》が壊《こわ》したと思ってるんだ！　いかな合衆国の工業力をもってしても な、〝壊し屋《クラッシャー》〟の貴様の壊しペースにはかなわんわ！」

「気をつけます！　もっと着艦、練習します！」

「気をつけなくてもいいし、もう着艦訓練はせずともよい」

「なぜですかー？」

艦長は電報をぴらぴらとさせた。

「転属だ」

「転属？　ホワイ？　ホエアー？」

「スオムス」

キャサリン少尉はぽかんと口をあけた。

「それ、どこですかー？」

「北欧」

「北欧？　ノースダコタの隣でしたっけ？」

「大西洋をはさんだ向こうだ！」

「うわあ、それは遠いですねー。暖かいところですかー？」

どこまでもとぼけた声で、キャサリン少尉。

「氷と湖の国だ。極寒《ごっかん》だ」

「氷と湖！　わぁ！　綺麗《きれい》ですねー！」

キャサリン少尉《しょうい》は歓声《かんせい》をあげた。なんでもいいらしい。

「たった今入った電文でだな、レキシントン航空隊から一人、機械化航空歩兵を北欧のスオムスに義勇兵として転属させよとのことだ。技量に優《すぐ》れた〝機械化航空歩兵《ウィッチ》〟を一人、選抜《せんばつ》せよと追って書きがついている」

「技量に優れたただなんて……、いや、わたしそれほどでもありませんよー」

とキャサリン少尉は照れくさそうに頭をかいた。

「当たり前だ」

「じゃあどうしてわたしを選んだんですか？」

艦長はキャサリン少尉に指をつきつけた。

「ネウロイと戦う前に、リベリオン合衆国海軍航空隊が壊滅《かいめつ》するわけにはいかんからだ！」

欧州中央のカールスラント。

ネウロイの侵攻《しんこう》以来、この国は常に最前線であった。国土深くまで侵攻したネウロイを抑《おさ》えつけているのは、強力な空軍のおかげであった。もちろんその空軍の中核《ちゅうかく》をなすのは、機械化航空歩兵たちであったが……。

国境付近の名もない野戦基地では、あわただしく出撃《しゅつげき》の準備がなされていた。

天幕に設けられた、仮設のブリーフィングルームで、指揮官が機械化航空歩兵たちを集めて、作戦の指示を与《あた》えていた。

「ネウロイの爆撃《ばくげき》兵器編隊がアウクスブルクに向かっているとの情報がもたらされました。我々はこれを全力で迎撃《げいげき》します」

飛行隊長……、といってもまだ年端《としは》のいかない娘《むすめ》であるが、精一杯《せいいっぱい》の威厳《いげん》を保とうとしながら、作戦の説明を行っている。

その前には、やはり緊張《きんちょう》を隠《かく》せない乙女《おとめ》たちが並び、緊張した顔で、隊長の説明に聞き入っていた。そんな中……、一人、緊張の色がまったく見えない娘が一人いた。

随分《ずいぶん》と小さな少女である。

年のころは十二歳ほど。短く切りそろえられた金髪《きんぱつ》がまぶしい。眼鏡《めがね》の奥の青い瞳《ひとみ》が、知的に光っている。

「ウルスラ曹長《そうちょう》」

困ったような声で、隊長が声をかけた。

今日が初出撃なのに、このウルスラときたらずっと本を読んでいるのである。というか今は隊長の自分が説明を行っているところではないか。

「ウルスラ曹長。読書はやめなさい」

そこでやっと、ウルスラは本を読むのをやめた。

「実戦では、本で読んだことなど役に立たないのですよ」

そこで、備え付けの野戦電話が鳴った。

「はい。こちら第三防衛飛行中隊。今から出撃なんですけど……、え　一人選抜しろ？　どういうことですか？」

隊員たちがざわついた。隊長は受話器を置くと、あたりを見回した。

「えー、ただ今ですね、本部から連絡《れんらく》がありまして、わが中隊から、スォムス派遣《はけん》のための人員を一名選抜せよと、言われました。まったくこの非常時の実戦部隊に何を言うかと思ったら……」

「スォムスですって？」

隊員たちはさらにざわついた。

「わたしたちはチームじゃないですか！　ずっといっしょに長い間訓練してきたんじゃないですか！　今日という日のために！　それなのに、一人だけ仲間はずれになるなんて！」

隊長はまぁまぁ、と両手をふって隊員たちをいさめた。

「わたしもそう思います。でも一人選ばないといけないようです……、何せ、命令ですからね」

そこで隊長は隊員一人一人を見回した。自分が選ばれては敵《かな》わん、と隊長と目があうと、全員が背筋を伸《の》ばす。

いや……、一人だけ態度の違《ちが》う人物がいた。

さきほどのウルスラである。

気づくと再び本を読んでいる。

妙《みょう》な緊張と静寂《せいじゃく》の中、ぱらぱらとページをめくる音だけが、天幕の中に響《ひび》いた。

隊長はにっこりと笑った。

「ウルスラ曹長」

再びウルスラは顔をあげた。

「いつでも本が読めるところに行きたくありませんか？」

ウルスラは、なんのためらいも見せずに、頷《うなず》いた。

第一章
CHAPTER 1

STRIKE WITCHES
Shimada Humikane & Projekt Kagonish

# 穴拭智子少尉

　高度三千メートルまで上ると、〝魔女《まじょ》〟に生まれてきたことを感謝したい気持ちになる。穴《あな》拭智子《ぶきともこ》は眼下に広がる光景を見下ろし、そう思った。

　扶桑《ふそう》皇国……。西のブリタニア、東の扶桑と並び称《しょう》されることになった自分の祖国が、どうして早くから海外に進出したのか、この景色を見ているとよくわかる。山がちな土地の隙間《すきま》、谷間に寄り添《そ》うようにして集落が立ち並んでいる。

「この国は狭《せま》いのよね」

　と智子は一人ごちた。

　しかし……、その国土の狭さに比べて、この空の大きさときたら！

　どこまでも続くような蒼空《そうくう》に抱《いだ》かれていると、まるで別世界に来たようだ。扱《あつか》いなれたキ27に足を包み、智子は己《おのれ》の身体《からだ》と一体化している使い魔に話しかけた。

「コン平《ぺい》、武子《たけこ》はどの手でくるかしら」

「うーん、そうですねぇ……」

頭に使い魔の声が響く。

巫女《みこ》……、東洋の魔女である彼女は、キツネを使い魔としている。

その証《あかし》として、彼女の耳には茶色の正三角形の形をした耳がはえ、ふさふさした尻尾《しっぽ》を風になびかせていた。柔《やわ》らかい毛並みのその二つが、細い、鍛《きた》えこまれた身体に女の子っぽい柔らかさを与《あた》えている。

長い黒髪《くろかみ》は腰《こし》までたなびき、白い鉢巻《はちまき》を巻いたその顔だちは、戦国の戦乙女《いくさおとめ》のようにきりりと引き締《し》まっていた。白の巫女衣装《いしょう》、下半身は丈《たけ》の短い赤い袴《はかま》に身を包んでいる。

袴の下に鈍《にぶ》く光る白い飛行脚《ストライカー》は、〝キ27〟。

三年ほど前に、陸軍が97式戦闘脚として採用した飛行脚である。高速機が主流となりつつある昨今、その最高速度はたいしたものではないが……。

「速度で優越《ゆうえつ》している武子少尉《しょうい》は、ダイブ、上昇《じょうしょう》を繰《く》り返して縦の機動でお嬢様《じょうさま》を翻弄《ほんろう》するでしょうね」

「普通《ふつう》に考えればそうね」と、智子は相槌《あいづち》をうった。

友人の加藤《かとう》武子が使用しているのは、新鋭《しんえい》のキ43……、〝一式戦〟である。一千呪力《じゅりょく》級の

〝マ25〟を装備した飛行脚であった。智子のキ27に比べ、速度は三十キロほど優越している。

「……さてと、いつもの格闘戦《かくとうせん》に付き合ってくれるかしら」

速度では新鋭のキ43《一式戦》に分があるが、格闘戦で、このキ27《97戦》に勝てる飛行脚は存在しない。智子はそのぐらい、使い慣れた愛機を信頼《しんらい》していた。

腰から愛用の軍刀を引き抜《ぬ》く。先祖伝来の家宝、〝備前長船《びぜんおさふね》〟を軍刀拵《こしら》えにした業物《わざもの》である。軍刀は、智子の魔力を受けて青白く輝《かがや》いた。

「わわわ、ガン・カメラは使わないんですか？　本気で巴戦《ともえせん》を仕掛《しか》けるつもりですか？」

コン平が尋《たず》ねてきた。七・七ミリ機銃《きじゆう》の代わりに背負っている、ガン・カメラを使わないのか？　と聞いているのだった。

「ええ……、武子もどちらの飛行脚《ストライカー》が〝格闘戦〟に優《すぐ》れているのか知りたいに決まってる」

智子は笑《え》みを浮《う》かべて言った。爽《さわ》やかだが、挑戦《ちようせん》的な笑みだ。研究員として智子が所属している明野《あけの》飛行学校周りの女学生たちが、「おねえさま！」と呼んで、きゃあきゃあ騒《さわ》ぎ立てる原因となっている、魅力《みりよく》的な笑みだ。

西の方角に、黒い点が見えた。

飛行場を先に飛び立った加藤武子少尉のキ43に違いない。模擬戦《もぎせん》の取り決めはすでになされていた。同位反航戦、〝試合〟はすれ違《ちが》いざまに開始される。

近づくにつれ、黒い点が銀色に輝く機械化航空歩兵の姿となった。

相対し、駆《か》け足で間合いを詰《つ》める剣豪《けんごう》のように二人は距離《きょり》を詰める。

ぐんぐんと近づき――――、時速六百キロ近い相対速度で二人は一瞬《いっしゅん》にすれ違う。キ43が、智子の横を、ひゅん！　と放たれた矢のように過ぎていく。剝《む》き出しのジュラルミンが眩《まぶ》しい細身の飛行脚が、すらりとした武子の身体によく似合っている。

ショートカットの黒髪越《ご》しに、武子の笑みが見えた。瞬間、耳につけた無線電話から、かん高い武子の声が響《ひび》く。

「こっちは新型だけど、遠慮《えんりょ》はなしでいくわよ。智子」

　智子も声を張り上げる。

「望むところよ。キューナナ《97戦》に格闘戦で勝てる飛行脚は存在しないってこと、教えてあげる」

後ろを見ると、案の定、武子はキ43を急上昇させていた。

予定されたペットネームの猛禽類《もうきんるい》の名前を彷彿《ほうふつ》させる、力強い上昇だ。

「ほんと、さっすが〝隼《はやぶさ》〟ね」

　上昇して、智子の頭を押さえようというのだろう。そうはさせじと一瞬遅《おく》れて、智子も上昇にうつる。二機は二匹《ひき》の竜《りゅう》が絡《から》み合うように回転しながら、空の頂点を目指した。

先に智子のエンジンパワーが悲鳴をあげた。武子の装備したキ43に比べ、八割ほどのパワーしかないキ27のマ一型乙魔道《おつまどう》エンジンでは、急上昇をかけるには力不足である。智子は上昇を諦《あきら》め、反転。降下にうつる。

後ろを見ると、待ってましたと言わんばかりに、先行していた武子のキ43が反転した。完全に智子の後ろを取ったかたちだ。優速を利して、ぐんぐんと距離を縮めてくる。

「どう？　一式戦のスピードは！　いつものキューナナとは勝手が違うでしょ！」

武子の声が、無線電話のホーンから響いてくる。

ぴったりと後ろにつけ、智子の腰から延びた白い吹流《ふきなが》しに向かって、武子は白刃《はくじん》をきらめかせた。やはり武子も、機銃を模したガン・カメラを使う気はないらしい。

智子は安堵《あんど》の笑みを浮かべた。

試合は二つの要素で勝ち負けが決まる。

まずは、ガン・カメラで相手を撮影《さつえい》すること。真ん中に相手を捉《とら》えたカット、それが規定の数に達していれば『撃墜《げきつい》』と判断される。

そしてもう一つは……、扶桑皇国陸軍ならではの正式装備、〝軍刀〟で相手の身体《からだ》から伸びた吹流しを切断すること。そうすれば、お互《たが》いのガン・カメラを現像しなくてもはっきりと勝敗が確定する。

ガン・カメラを構えない……、つまり、武子もそれを狙《ねら》っているのであった。

智子は軽く唇《くちびる》を舐《な》めた。お互い十七歳、明野飛行学校の同期だった頃《ころ》からのライバル同士。二年前のネウロイの扶桑本土への侵攻《しんこう》……、というよりは威力偵察《いりょくていさつ》に近い……、により発生した小競《こぜ》り合い『扶桑海事変』での撃墜数、昇進《しょうしん》、すべてにおいて競《きそ》ってきた。

よきライバルのそんな自分たちは、しかし一旦《いったん》空から降りれば無二の親友同士、悩《なや》みを相談しあい、喜びも悲しみも、いっしょにわかちあってきた。

そんな相手だからこそ負けられない。

キ43《新鋭機》のお披露目《ひろめ》も兼《か》ねたこの模擬戦は、扶桑皇国陸軍や政府のお偉方《えらがた》や、海軍の見学者までが見守っている。

彼らの関心事はただ一つ……、世界最高の格闘機、キ27に、新鋭のキ43は勝てるのか？ということだ。

智子と武子の〝魔女《ウィッチ》〟としての実力はほぼ同等。

で、あるならば……、飛行脚《ストライカー》の優劣《ゆうれつ》で勝敗は決する。この戦いには己《おのれ》のプライドだけでなく、愛機のアイデンティティもかかっている。二重の意味で、負けられない試合であった。

武子は優速を利して、距離を縮めてきた。

息がかかるような間合いに迫《せま》った瞬間……、

「もらったわよ！」

智子の吹流しめがけて、ぶん！　と武子の白刃が唸《うな》る。

「あげません！」

智子は身を滑《すべ》らせて、武子の攻撃《こうげき》をかわした。

「くっ！」

武子は軍刀を振《ふ》り回した。智子は軽《かろ》やかにダンスを踊《おど》るようにひらりひらりと身を捻《ひね》らせ、吹流しに武子の刃《やいば》を届かせない。

「まったくちょこまかと逃《に》げるのは得意なんだから！」

いらついた武子の声が、ホーンから響いた。

「ほらほらどうしたの！　新型！　そんなんじゃ制式採用はお蔵入りよ！」

そんな武子を挑発《ちょうはつ》するように、智子も叫《さけ》ぶ。

「もう、怒《おこ》ったわよ！」

武子は軍刀を引いた。

居合の構えだ。

その構えのまま、一気に突《つ》っ込んできた。

無双神殿流《むそうしんでんりゅう》、空の太刀《たち》。

抜《ぬ》き打ちざまの軍刀の一撃で、敵を両断する……。

扶桑海事変……、この秘太刀で、武子は二機のネウロイを撃墜《げきつい》していた。

しゅぱッ！

白刃が一閃《いっせん》！

しかし、その空間に智子はいない。吹流しごと、武子の視界から消えていた。

「うッ！」

武子は短く叫び、上を仰《あお》ぎ見た。

智子はそこにいた。

右足と左足を複雑に動かし、後回転の要領で、智子は一瞬《いっしゅん》で宙返りをかましたのだ。

その宙返りといっしょに、握《にぎ》った軍刀がきらめく。

「くッ！」

かわす間もなく、一瞬で武子の身体から伸びた吹流しが切断される。

『ツバメ返し』

智子はこの機動で、扶桑海事変のエースになったのであった。

「やられたぁ〜〜〜〜〜〜！」

悔《くや》しそうに、武子はため息をついた。満面に笑《え》みを浮《う》かべて飛行する智子の手には、切断した武子の吹流《ふきなが》しが握られていた。

「さすがは〝扶桑海の巴御前〟ね」

それは扶桑海事変で七機を撃墜したエースである智子に、新聞がつけたあだ名である。くるくると旋回《せんかい》しネウロイを切り伏《ふ》せた現代の空の武芸者である智子に、かつての女武者の名を、記者たちは奉《たてまつ》ったのであった。

「えっへっへ。格闘戦《かくとうせん》で、キューナナに勝とうってのがそもそもの間違《まちが》いなのよ」

嬉《うれ》しそうに智子はくるくるとロールをかます。

「もしかしてそのキ43の制式採用もお流れになっちゃうかもね」

「それはないわ」

と武子は言下に否定した。

「どうしてよ。格闘戦でキ27に優越《ゆうえつ》すること、ってのが、その新型機のコンセプトなんじゃなかったの？」

「これからの空戦は変わるわ。格闘戦なんかおまけになる」

「あらら？　負け惜《お》しみ？」

「負け惜しみじゃないわ。これからは速度と、編隊空戦よ。個人の技量ではなく、連携《れんけい》が勝利の鍵《かぎ》になる。今日の結果で……、やっとそれを確信したわ」

と武子は遠い目で、つぶやくように言った。智子は首を振った。

「いや、最終的に空戦で決着をつけるのは、やっぱり格闘戦よ。やっぱり名人が操《あやつ》ってこその飛行脚《ストライカー》。巧《たく》みな空戦機動で、敵の後ろに食いつけるエースが生き残れるの！　扶桑海事変のときもそうだったじゃない！」

智子は二年前の扶桑海事変を思い出しながら言った。ネウロイの小型戦闘兵器、ラロスをばったばったと叩《たた》き落とせたのは、小回りの利《き》くキ27のおかげではないか。

プロペラのついた大きなハエのような格好の鈍重《どんじゅう》なラロスは、ツバメのように軽やかに飛び回る智子たちのキ27を補捉《ほそく》することができなかった。

「確かに陸軍航空隊は、格闘戦重視に凝《こ》り固まってる。あなたみたいな名人に頼《たよ》り切ってる。だからこのキ43の要求仕様に、格闘戦に優《すぐ》れること、なんて項目《こうもく》を設けちゃうのよ。でも、それは間違いだわ」

武子は考え込んでしまった。智子は、そんな親友を慰《なぐさ》めるように、

「ねえ武子、自信出してよ。あなたの腕前《うでまえ》だって、並大抵《なみたいてい》じゃないのよ。ほら、今度の欧州派《は》遣《けん》……」

ネウロイの侵攻《しんこう》でボロボロになっているカールスラントへの義勇軍派遣が決定したのは先月

のことであった。明野飛行学校内では、智子と武子をはじめとする、陸軍航空隊の精鋭《せいえい》が派遣されるとの噂《うわさ》が飛び交《か》っている。それは本当なのだろうか？　智子の頭の中は、それでいっぱいであった。早いところ欧州に駆《か》けつけ、活躍《かつやく》したい。その一心であった。

「わたしたちが派遣隊に選ばれるのは、疑う余地がないわ。欧州の連中に、扶桑皇国陸軍航空隊の格闘の冴《さ》えを、見せつけてあげようよ！」

智子がそう元気づけても、親友の武子は浮かぬ顔。

そんなに自分に負けたことがショックだったのだろうか？

新型の飛行脚《ストライカー》を使っていたのに、負けたことがショックだったのだろうか？

武子が装備したキ43は確かに新鋭《しんえい》だが……、新鋭ゆえに慣れぬことも多かろう。それに引き換《か》え自分はキ27を隅《すみ》から隅まで知り尽《つ》くしている。

速度やエンジンパワーの優位を差し引いても、智子の方が有利な戦いであったのだ。

そんなに落ち込むことないのに……、と、智子は首を捻《ひね》った。

明野飛行学校の飛行場に、智子と武子は並んでアプローチした。

機速を百五十キロ以下に落とすと、飛行脚《ストライカー》の足の裏にあたる部分から車輪が現れる。

寝《ね》そべるような飛行姿勢から、足を突《つ》き出した着陸姿勢に移り、車輪から接地した。ずざざざざざざ！　と、土ぼこりが舞《ま》いあがり、二人は着陸する。

そんな二人に真っ先に駆け寄ってきたのは整備兵でもなく、見学にきていたお偉方《えらがた》でもなく、詰《つ》め掛《か》けていた女学生たちであった。

今回の飛行は、納税者に対する新鋭機のお披露目《ひろめ》も兼《か》ねている。新しい戦闘脚《ストライカー》や、機械化航空歩兵の雄姿《ゆうし》を一目見ようと、全国から抽選《ちゅうせん》で選ばれた見学者たちで、あふれていた。その観客の中心は、なんといっても女学生。暇《ひま》にあかせて一人で何十通もハガキを送り、彼女たちは押し寄せたのであった。

「エース智子さま！　エース智子おねえさまだわ！　扶桑海の巴御前！」

前記のとおり、扶桑海で七機のネウロイを撃墜《げきつい》した智子は、当時新聞で大々的に喧伝《けんでん》された。

〝扶桑海の巴御前〟ことエース智子といえば、全国の女学生の憧《あこが》れの的。

おまけに智子は切れ長の目が凛々《りり》しく、端整《たんせい》な扶桑人形のような美少女である。物憂《ものう》げな雰《ふん》囲気《いき》があいまって、そんな智子の人気はまさに絶頂であった。

「あああああ！　武子おねえさまもおられるわ！」

昔のお姫様《ひめ》のような容貌《ようぼう》の武子も、負けず劣《おと》らずの人気を誇っている。

きゃあきゃあわあわあとわめきながら、女学生たちはそんな智子と武子に飛びついた。

「お団子作ったんです！」

「わたくしなんか、おはぎを作ったんですのよ！　食べてくださいな！」

「これをこれを！　しゅーくりんですわ！　ガリアのお菓子《かし》ですの！」

数十人もの女学生がわれ先にと押し寄せてきたので、智子と武子は押しつぶされそうになる。

その瞬間《しゅんかん》、ばしゃばしゃばしゃ！　とフラッシュが瞬《また》いた。

見ると、大きなカメラを構えた新聞記者たちが集まっている。

ペンを持った記者が、女学生たちをかきわけて近づいてきた。

「このたびの欧州派遣決定について一言どうぞ！」

「え？」

と智子は我に返る。

いつかくる、くると思っていたが、いよいよ決定？

「記者団が来ているなら、前もって言っておいてくださいよ」

明野飛行学校飛行研究司令部室。

様々な飛行実験を行うこの機関を束《つか》ねる鷲住中佐《わしずみちゅうさ》を前にして、智子は唇《くちびる》を尖《とが》らせた。鷲住中佐は四十代半ばの、頭の禿《は》げ上がった中年男性であった。カーキ色の軍服に、太った身体《からだ》を窮《きゅう》屈《くつ》そうに押し込んでいる。

「いや、さきほどだな、正式に義勇軍派遣《はけん》が決まったと、参謀《さんぼう》本部から連絡《れんらく》があった。記者たちは昼前には市ヶ谷《いちがや》の広報部で情報をつかんだらしくてな、ここに飛んできたんだ。やっこさんたちの方が、情報が早いときたもんだ」

「それで、この明野に記者が来てるってことは……」

「そうだ。明野からも、機械化航空歩兵を出すことになった。先陣《せんじん》として、お前たち二名を欧州へ派遣する」

智子は飛び上がって、喜んだ。

「やったぁ！」

「随分《ずいぶん》と嬉《うれ》しそうだな、穴拭少尉《しょうい》」

智子は胸を張った。

「当たり前じゃないですか！　扶桑皇国の〝巫女《魔女》〟が、世界一だってことを欧州の連中に知らしめる絶好のチャンスですから！」

と智子少尉は指を立てて得意がった。

「ううう、腕《うで》が！　腕がなるなるなるなるなるわ～～」

床《ゆか》でも転がりかねない勢いで喜ぶ智子を、鷲任中佐は困ったように見つめた。それから武子に視線を移す。

武子は、唇を噛《か》んでこくりと頷《うなず》いた。

こほんと咳《せき》をすると、鷲住中佐は重々しく頷く。

「では、正式に辞令を伝える。扶桑皇国陸軍、明野飛行学校実験中隊所属、加藤武子少尉。カールスラント派遣を命ずる」

硬《かた》い表情で一礼すると、武子は辞令書を受け取った。

それから鷲住中佐は、智子に向き直る。

「扶桑皇国陸軍、明野飛行学校実験中隊所属、穴拭智子少尉」

「はいっ！」と元気よく智子は敬礼した。

しかし、司令の口から出た言葉は、まったく想像していなかったものだった。

「……スオムス派遣を命じる」

「スオムスゥ？」

智子はぽかんと口をあけた。

「北欧だな。湖がたくさんある国らしい。ネウロイの侵攻《しんこう》に怯《おび》えとるようだが、機械化航空歩兵の数がどうにも足りんので、列強各国に支援《しえん》を要請《ようせい》しとる」

スオムス……。

名前は聞いたことがあるが、正確な場所が思い出せない。そのぐらい、どうでもいい国名であった。

　とにかくなんでそんな田舎《いなか》に自分が派遣されなきゃならないの？

「怯えてる？　じゃあまだ攻《せ》められてないってことじゃないですか」

「そ、そうなるな。うん」

「『うん』って！　どうしてわたしの派遣先は、激戦が続いているカールスラントじゃないんですか？」

　智子は鷲住中佐につめ寄った。

「いったいわたしにスオムスでなにをやれと！」

「いや……、だからな？　ネウロイが侵攻するかもしれんから……、警戒《けいかい》しろと。各国が機械化航空歩兵を送る以上、わが国がまるっきり無視するわけにもいかんだろう」

「警戒って！　なんですか？　わたしに偵察隊《ていさつたい》の真似事《まねごと》でもしろって言うんですか？　スオムス派遣なんて、つまりは二軍の仕事じゃないですか！　武子がカールスラントで、どうしてわたしが……」

「穴拭少尉」

　武子が名前でなく、階級で智子を呼んだ。

「命令よ」

きっ！　と智子は武子を睨《にら》んだ。

「武子！　あなたもなんとか言ってよ！　いっしょにネウロイと戦おうって言ったじゃない！　わたしとあなたで、カールスラントからネウロイを追い出そうって！」

武子は首を振《ふ》った。

「命令は命令よ。受け取って」

有無《うむ》を言わせぬ調子で親友の武子にそう言われ、しかたなく智子は辞令書を受け取った。しかし、どうにも納得《なっとく》いかない。どういうこと？

無言で先に廊下《ろうか》に出た武子を、智子は追いかけた。

「武子！」

しかし、武子は振り返らない。

「さっきの態度は、どういうこと？　ねえ！」

その肩《かた》をつかんで、無理やり振り返らせる。

「まるで、わたしがスオムスに行くのが当然って態度だったわ。どういうこと？」

腰《こし》に手を当てて、智子は武子を真正面から睨みつけた。

「そうよ」

「そうよね、わたしがスオムスなんて何かの間違《まちが》いよね……、って、違う！」

「私物をまとめなきゃならないから」

と再び歩き出した武子の前に、再び智子は立ちふさがる。

「どいて」

「あなた……、知ってたわね？」

「なにを？」

「わたしがスオムスに派遣されること。だからさっきは驚《おどろ》かなかった。違って？」

「知ってたわ」

「なんですって？　じゃあ理由を知ってるわね？　なんでわたしがスオムスなのよ！」

武子は、決心したように顔をあげ、智子に向き直る。

「カールスラントに侵攻してきたネウロイの資料は読んだ？」

観戦武官がまとめたレポートだ。智子は頷いた。いったい、それが自分のスオムス派遣《はけん》にどう関係しているというのだろう？

「欧州に侵攻《しんこう》してきた〝ネウロイ〟は、扶桑海の小物とはわけが違う。爆撃《ばくげき》兵器を中心とした、本格的な戦略侵攻部隊……。個人の技量だけでどうにかなる相手じゃないわ」

智子は身体《からだ》を震《ふる》わせた。自分の技量では危険だ、そう言われたと思ったのだった。

「わたしの腕《うで》じゃ通用しないと言うのね？」

「違う、そうじゃない。考え方を変えないと危険だって言ってるの。でも、あなたは頑固《がんこ》だから……、なかなか戦法を変えることができないと思って。だから……」

何を言ってるの？

この明野……、いや陸軍航空隊で、格闘戦《かくとうせん》で自分に敵《かな》う機械化航空歩兵なんかいやしない。

智子はさっきの試合を思い出した。

「言い訳はやめて。あなた、わたしがスオムス派遣で、ほっとしてるのね？　わたしの撃墜《げきつい》数が、あなたより多いのが気に入らないんだわ」

その瞬間《しゅんかん》、ぱしぃいいいいいん！　と乾《かわ》いた音が響《ひび》いた。

わなわなと武子は震えていた。

「わたしは個人の撃墜数なんかに興味はないわ」

智子は頰《ほお》を押さえた。

「武子……」

「ほんとうのエースになって。待ってるから」

目にいっぱい涙《なみだ》をためて、武子は駆《か》け出して行ってしまった。あとに残された智子は、痛む頰を押さえた。

ああ、なんということだろう。

親友の武子といっしょに、戦うことが夢だったのに……。

正々堂々と撃墜数を競《きそ》い合いたかったのに……。

飛行先進国と威張《いば》っている欧州の連中に、智武コンビの活躍《かつやく》を目に焼きつかせるつもりだったのに……。

誰《だれ》かの陰謀《いんぼう》で、自分はカールスラント派遣から外されてしまった。

智子は、ぐいっと目の下をこすった。活躍の場を奪《うば》われ、悔《くや》しくてたまらなかった。

「どうしてこのわたしがスオムス派遣なのよ！」


一週間後……。

扶桑皇国欧州派遣軍を乗せた輸送船、阿波丸《あわまる》が埠頭《ふとう》を離《はな》れようとしていた。

見送りにきた人々が、紙の国旗を振りながら、万歳《ばんざい》を連呼する。

陸海合同の軍楽団が、勇壮《ゆうそう》なマーチを演奏し始めた。舷側《げんそく》に並んだ将兵が、一斉《いっせい》に敬礼すると、集まった見送りの観衆から歓声《かんせい》が漏《も》れる。

「ネウロイをやっつけてくれよ！」

「扶桑皇国万歳！」

そんな歓声は、〝機械化航空歩兵《魔女》〟が現れることで最高潮に達した。欧州派遣の要《かなめ》である戦《いくさ》乙女《おとめ》たちは、陸海に分かれて並び、一斉に敬礼した。

「きぃやあああああ！　凛々《りり》しぃ！」

「素敵《すてき》だわ！」

まるで歌劇団の女優のような国民的人気を誇《ほこ》る機械化航空歩兵たちに、熱狂《ねっきょう》の歓呼《かんこ》が浴びせられる。

魔力を持つものは限られる。特殊《とくしゅ》な遺伝子が作用しているため、と言われ、その数は多くない。そしてほとんどの場合、その魔力を持つものは女子であり、また思春期を過ぎると消えてしまう。そんなはかない、季節の花を思わせるような魔力を持つ少女たちは、少年たちにとって手の届かない憧《あこが》れの象徴《しょうちょう》であり、少女たちにとっては『己《おのれ》がこうありたい』と思わせる理想の存在であったのだった。

新聞記者たちのかまえたカメラからフラッシュが瞬《またた》く。まるでお祭り騒《さわ》ぎのようなその喧騒《けんそう》から離れて、反対側の舷側でため息をつく少女があった。

鉛色《なまりいろ》の海面を見つめ、疲《つか》れた声でつぶやく。

「はぁ……、いいわね、主演女優は……」

穴拭智子であった。

舷側に並び、衆人の歓呼を浴びているのは、カールスラントに派遣《はけん》される予定の戦乙女たち。智子は新聞を広げた。一面に大きく、『皇国陸海軍、ネウロイの侵攻に喘《あえ》ぐカールスラントに派兵』と大きく見出しが躍《おど》り、派遣される戦乙女たちの名前が列記されている。そしてその下に小さく……、ほんの数行ほど、『併《あわ》せて北欧スオムスにも小部隊を派遣』と書いてある。もちろん、そこに智子の名前など書かれてはいない。

「わたしは取るに足りない〝小部隊〟ってわけね」

自嘲《じちよう》気味につぶやく。

そんな風に落ち込んでいると……、後ろから素《す》っ頓狂《とんきよう》な声が響いた。

「うわあ！」

振《ふ》り返ると、小柄《こがら》な少女が立って、目をうるうるとさせながら智子を見つめているではないか。

彼女は顔を智子に近づけた。顔を食い入るように見つめた後、

「やっぱり穴拭智子少尉！　感激です」と叫《さけ》んだ。

身長は智子より頭ひとつ分低い。白いセーラー服にゴム引きのコート。碇《いかり》のマークがついた帽子《ぼうし》をかぶっている。

「……海軍さんか」

「は、はいっ！　皇国海軍横浜《よこはま》航空隊所属、迫水《さこみず》ハルカ一等飛行兵曹《へいそう》ですっ！」

「ふぅん」

智子は上から下まで、ハルカを眺《なが》めまわした。可愛《かわい》い顔立ちである。年は、十二、三といったところか。綺麗《きれい》にそろえられた前髪の下のくりくりとした黒い瞳《ひとみ》が、きらきらと輝《かがや》いている。それから、あ、いけない、と叫んで口に手を当て、再び敬礼した。

「あ、すいません！　迫水ハルカ一等飛行兵曹であります！」

と陸軍式に名乗るハルカに、智子は微笑《ほほえ》んだ。

「いいのよ。ここは船の上だし……、海軍さんのやり方でいきましょうよ。飛行兵曹ってことは、あなたも機械化航空歩兵？」

「え？　はい！　そうです！」

ハルカはきらきらした目で、智子のことを見つめる。

「どうしたの？　わたしの顔に何かついてる？」

「え？　いや！　失礼しました！　いや、であります！　あの、実はわたしその、少尉《しょうい》の大ファンでして！」

「あら、ありがとう」

「はい！　あの扶桑海事変でのご雄姿《ゆうし》！　一機で五機のネウロイに囲まれながらも、単機よく奮戦！」

　ハルカは興奮しきった様子で、まくし立てる。

「映画にもなりましたよね！『扶桑海の閃光《せんこう》』！　わたしあの映画観《み》に行ったんです！　穴拭少尉も、出演なさってましたね！」

　智子は思い出した。陸海軍が全面協力した映画である。智子も東京の世田谷《せたがや》、砧《きぬた》の円谷特殊《つぶらやとくしゅ》撮影所《さつえいじょ》まで出向いて、本人役で出演したのである。映画は大ヒット、一躍《いちやく》機械化航空歩兵を、国民的スターに仕立て上げたのであった。

「あの映画を観て、わたし、機械化航空歩兵になりたい！って思ったんです！　幸いにも、わたし〝魔女《まじょ》〟の家系に生まれていたんで、一生懸命《けんめい》に訓練して……、ほんとは陸軍航空隊に入りたかったんですけど……、うちが代々海軍でして……」

　とハルカは尋《たず》ねてもいない身の上話をとうとうと語り出した。長々と続きそうな勢いだったので、智子は歩き出した。

「そっか。がんばってね」

　しかし、なおもハルカは追いかけてくる。

「あの、あの！　少尉はカールスラント派遣《はけん》ですか？」

「え？」

智子は顔をひきつらせた。

随分《ずいぶん》痛いとこつくじゃないの。

「陸軍航空隊きってのエースが向かえば、カールスラントのネウロイも一撃《いちげき》で追い出されちゃいますね。横浜航空隊でも、選《え》り抜《ぬ》きのエリートが向かってるみたいです」

「向かってるみたいって……。あなたは？」

「……はい。実はですね。わたしは、横浜航空隊始まって以来のダメ隊員なんです。射撃《しゃげき》、格《かく》闘《とう》、航法、全部下から数えて、その、一番っていうか」

「え？」

「したがって激戦が予想されるカールスラント派遣から外されてですね、スオムスとかいう、北国に回されることになりまして」

「あなた、スオムス派遣なの？」

「はいそうです。でもよかったです～、激戦地なんかに送られたらわたしなんか大怪我《おおけが》します。いや、大怪我じゃなくって、死んじゃうかもしれません。……そんなわたしと違《ちが》って、少尉はもちろんカールスラント派遣なんでしょうね。是非是非《ぜひぜひ》わたしの分までがんばってくださいね」

そう言ってハルカは、胸の前で拳《こぶし》を二つ、握《にぎ》ってみせた。智子はその無邪気《むじゃき》な物言いにせっなくなった。

なんだか冷たい視線の智子に気づき、ハルカは不安げな表情を浮《う》かべた。

「あの、わたし……、何か余計なこと言いました？　ご、ごめんなさい！　意味わかんないけどごめんなさい！　なんと言ってお詫《わ》びすれば……」

別に悪気はないんだろう。ま、いっかと首を振《ふ》る。

「わたしもスオムスなのよ」

「えええええ？　少尉ともあろうお方が？」

ハルカは心底驚《おどろ》いた！　という顔になる。智子は、ひきつった笑《え》みを浮かべた。

「いっしょにがんばりましょうね」

「は、はいっ！　光栄です！　それでは失礼します！」

満面の笑みを浮かべて、ハルカは敬礼した。それからくるりと回れ右すると、たたた、と駆《か》け出していく。

「あいたぁ！」

しかし、途中《とちゅう》で突《つ》き出したパイプに頭をぶつけ、ぶっ倒《たお》れた。

見ると、目を回している。放《ほう》っておくわけにもいかないし、医務室に運ぶほどでもない。仕方なく智子はハルカを抱《だ》きかかえ、自分の部屋まで彼女を連れて行った。

智子は士官なので、個室を与《あた》えられていた。といっても狭《せま》い。二畳《じょう》ほどのスペースに、壁《かべ》つけの折りたたみのベッドが一つきり。丸い小窓の下には、コップが一個置けるだけのテーブル、というか棚《たな》がついている。

ベッドを倒し、そこにハルカを寝《ね》かせた。

小窓の外に、港内の景色がうつっている。もう一時間もすれば、太平洋に出るだろう。欧州へと向かう長い船旅が始まるのだ。

遠ざかる祖国を見つめて、智子は唇《くちびる》をかみ締《し》めた。

そのとき……、ベッドに寝そべったハルカが、う〜〜ん、と唸《うな》って目を覚ました。

「大丈夫《だいじょうぶ》？」

「は、はい……、大丈夫です」

と言いながら、ぶつけた頭を撫《な》でている。

「海軍さんなのに、フネでパイプに頭をぶつけて転んじゃしょうがないでしょう？」

恥《は》ずかしそうにはにかむハルカを見つめ、智子は激しくせつなくなった。

こんなそそっかしい子を送るなんて……。

つまり、海軍はほんとにどうでもいい子を、スオムスに送るつもりなのだ。

海軍きっての落ちこぼれと、自分の扱《あつか》いが同じなんて……。

そんな風に落ち込んでいると……。

智子の頭の中で何かがひらめいた。

そうだ。そうよ！

これは何かの陰謀《いんぼう》に違いない。

自分の戦功をねたむ連中がいるのだ。

じゃなければ、自分がスオムスに送られることなどありえない。

智子は決心した。

なんとしてでも……、スオムスで手柄《てがら》をあげてやる。

誰《だれ》にも文句をつけられないような手柄をあげて、そして……、自分のスオムス派遣を決定したやつらを見返してやる。

「見てらっしゃい！　わたしは穴拭智子よ。扶桑海の巴御前と恐《おそ》れられたエースなのよ」

智子は小窓の外を見つめ、力強くつぶやいた。

第二章
CHAPTER 2

STRIKE WITCHES
Shimada Humikane & Projekt Kagonish

# 北欧スオムス

北欧の国スオムスは人口四百万の小国である。

その国土は扶桑皇国より少し小さいくらい。

人口に比べれば広大といった国土のほとんどは、針葉樹林で占《し》められていた。特に、湖が多いことで有名である。その湖は、冬季には硬《かた》く凍結《とうけつ》し、臨時の飛行場としても利用される。そんなわけで、各国からの義勇兵を迎《むか》えることになったカウハバ空軍基地は、美しい湖のそばに造られていた。

航路五週間を費《つい》やしてガリアのブレスト軍港に入港した阿波丸から下船し、輸送機に乗り継《つ》ぎ、空路、カウハバ空軍基地にやってきた。

智子とハルカは、カールスラント製の輸送飛行船から降り立った瞬間《しゅんかん》、寒さで震《ふる》えた。

「ぶるる、るるるぶ」

ハルカは腕《うで》で自分の身体《からだ》を抱きしめ、足を踏《ふ》みしめる。一応、二人とも軍支給のコートを羽織ってはいるが、なんの気休めにもならない。

季節は秋深まる十一月の十日。完璧《かんぺき》に冬化粧《ふゆげしょう》を施《ほどこ》しつつあるスオムスのカウハバ空軍基地は、見渡《みわた》す限《かぎ》りの銀世界であった。

智子は白い息を吐《は》き出し、これから自分の戦場となる舞台《ぶたい》を見回す。

「雪国か……」

「少尉《しょうい》、寒いけど、雪って綺麗《きれい》ですね」

頬《ほお》を林檎《りんご》のように染めたハルカが、震えながらも楽しそうな声でつぶやく。智子は、足元の雪を手ですくって、見つめる。

「キ27《キニナナ》の魔道《まどう》エンジン、大丈夫かな」

「すごい……。海軍に入って初めて南の海を見たときも感動したけど、このお国も負けないぐらいに素敵《すてき》だわ……、きてよかった」

ハルカはにこにこして、智子を見上げた。憧《あこが》れの人と、感動を共有したかったのであるが……。

「この極寒《ごっかん》の地で、定格どおりの性能を発揮してくれるのかしら」

あう、とハルカは唸った。どうやら智子は、この美しい一面の銀世界を前にして何も感じないようだ。

雪を掻《か》き分けて、白の迷彩《めいさい》を施された雪上車がやってきた。扉《とびら》が開いて、眼鏡《めがね》をかけた理知的な女の人が降りてきた。

すっ、と智子に向かって敬礼する。

「カウハバ空軍基地にようこそ。基地司令部、ハッキネン大尉です」

大尉、と聞いて、すかさずハルカは直立不動で敬礼する。

「ふふふ、扶桑皇国海軍、迫水ハルカ一飛曹《ひそう》ですっ！」

続いて智子が、慇懃《いんぎん》な仕草で敬礼する。階級は向こうのほうが上なのに、不遜《ふそん》とも取れるような仕草であった。

「扶桑皇国陸軍、穴拭智子少尉です」

その名前を聞いて、わずかにハッキネン大尉の眉《まゆ》があがる。

「エースの到来《とうらい》を歓迎《かんげい》します」

「ありがとうございます」

と、智子は敵意さえこもっているような調子で、礼を述べた。

がががががが、と雪上車に揺《ゆ》られ、智子たちはブリーフィングルームに案内された。

元は倉庫だったような、ボロい建物である。石油ストーブが二つほど置かれ、それをはさむように椅子《いす》が置かれている。

目の前には大きな黒板と、学校に置いてある教卓《きょうたく》のような机があった。黒板にはスオムス語と、ブリタニア語で『スオムス義勇独立飛行中隊指揮所』と書かれている。一応士官教育を受けている智子と、海軍飛行兵のハルカはブリタニア語をこなせるのでそれが読めた。ここでの会話は、どうやらブリタニア語でなされるようであった。

「遅《おそ》いですわね。中隊長さん」

椅子に腰掛《こしか》けたハルカがつぶやく。そばには使い魔のタヌキがちょこんとお座りしている。その隣《となり》には、智子が肘《ひじ》をついてつまらなそうに唇《くちびる》をへの字に曲げている。

今から、智子たちの所属するスオムス空軍の中隊長がやってくるのである。

「わたしたちの隊長さん、どんな人なんでしょうね。怖《こわ》い人じゃなきゃいいんですけど」

しかし智子は返事をしない。なんだかいらついているらしい。

周りには三名ほどの乙女《おとめ》が同じように椅子に座っていた。いずれも西洋人。

それぞれの使い魔を従え、三者三様の姿勢で中隊長を待っている。

薪《まき》ストーブをはさんだハルカの右隣で、黙々《もくもく》と本を読んでいる、金髪《きんぱつ》おかっぱ頭の少女がいた。カールスラント空軍の制服をぴちっと着込み、膝《ひざ》の上にアナグマをのせている。使い魔なのだろう。

年はハルカより幾分《いくぶん》幼い。いったい何を読んでいるんだろう？

気になったハルカは、首を伸《の》ばして読もうとした。しかし、カールスラント語なのでお手上げである。

「何読んでるんですか？」と聞いてみたが無反応。眼鏡の奥の、真っ青な瞳《ひとみ》をまったく動かさずに、本に見入っている。ハルカが気になってさらに声をかけようとしたら、膝の上のアナグマに睨《にら》まれた。その目が、主人の邪魔《じゃま》をするな、と言っている。

その眼鏡少女の隣には、これもまた見事な金髪の少女が座っている。カールスラントの眼鏡少女と同じ金髪だが、こっちの髪《かみ》は腰《こし》まであるぐらいに長い。黒い液体が入ったビンを握《にぎ》っている。それをさっきからうまそうにぐびぐびと飲んでいた。

少女というには、ボリュームのある体つきであった。粋《いき》に着こなしたリベリオン海軍の礼服が、胸で窮屈《きゅうくつ》そうに盛り上がっている。頭の上に、初めて見るかたちの動物が乗っかっている。茶色の毛に覆《おお》われているが、顔だけが白い。尻尾《しっぽ》は黒と茶色の縞々《しましま》模様。

おそらくはリベリオン少女の使い魔であろうその生き物を、ハルカが驚《おどろ》いた顔で見ていると、その視線に気づき、まるでハリウッドの女優のような陽気な笑《え》みを浮《う》かべた。ハルカがつられて笑うと、身を乗り出してきた。

「ユーたち、どこから来たねー？」

妙《みょう》なイントネーションのブリタニア語であった。

「扶桑皇国です」と、答えると、その笑顔のまま、尋《たず》ねてきた。

「ワエア？　それ、どこねー？」

「極東、かな？」

「OH、フロリダの隣ね」

「違《ちが》います」

と言うと、ソーリィ！　と大笑いして、手にしたビンをハルカに勧《すす》めた。

「コーラ飲みますかー？」

「え、遠慮《えんりょ》します」と、リベリオン人の勧めをハルカは断った。

その隣には、銀髪の女の子がいた。黒い革《かわ》のライダージャケットに身を包んでいる。足元には毛の短い、胴長《どうなが》の犬が寝《ね》そべっている。その妙な形の犬が、彼女の使い魔なのだろう。美人だったが、なんだか悩《なや》んでいるように眉間《みけん》にしわを寄せていた。とっつきにくい印象を与《あた》える少女だった。ひっきりなしに煙草《たばこ》をふかしている。じっとハルカが見ていることに気づき、こっちを向いた。

ども、と言うようにハルカが頭を下げると、少女はすぐに視線を前に戻《もど》した。お前にはなんの興味ももてない、といった仕草である。

「いろんな人がいますねえ」

と智子に顔を戻すと、彼女はまっすぐに前を見つめ、何か考え事をしているのかぶつぶつとつぶやいている。

「どうしたんですか？」

と尋ねると、唇を噛《か》んだ。その仕草に、ハルカはいきなり、きゅん！とした。扶桑海の巴御前とも言われた智子が、そんな子供っぽい仕草をするなんて意外である。

頬《ほお》を染めてどきどきしていると、智子が振《ふ》り向いた。

「どうしたの？」

「え？ いや、その、なんでもないです！ はい！」

首をぶんぶんと振った。憧《あこが》れの人に「あなたに胸、ときめきました」なんて言えない。女の人に胸をときめかせて……、ヘンな子、なんて思われてしまう。そんなことは絶対に避《さ》けたいのであった。

そう、と、智子は再び考え事をしているように、ぶつぶつとつぶやき始める。ハルカはちょっと心配げに、そんな智子を見上げる。

しかし、遅い。いつになったら来るのだろう？ さきほどのハッキネン大尉《たいい》は、五分ほどお待ちください、今連れてきます、と言ったのに、もう二十分ほど過ぎている。なにごとも五分前行動を義務付けられている扶桑国海軍ではありえない事態である。

そんな風に待たされているというのに、誰《だれ》も気にしていない。なんだかすごい人たちがいるところに来ちゃったみたい、とハルカは思った。

何かあったんだろうか？　と心配になっていると、ばたん！　勢いよく扉《とびら》が開いた。白に近い、薄《うす》い金髪《きんぱつ》の美少女が、書類の束を抱《かか》えて入ってきた。どうやらその紙束を持ったまま扉を開けようとしたらしい。

「あわ、あわわわわわわ！」

勢いあまって派手に倒《たお》れ、紙がブリーフィングルームに舞《ま》う。

「ひぃあああああ」と、なんだか気の抜《ぬ》けた情けない声をあげた。

ついで、さきほどのハッキネン大尉が入ってきた。

「何をやってるんですか？」

と倒れた薄い金髪の少女を見下ろす。

「両手がふさがって……、それでもって扉を開けようとしたらバランス崩《くず》して……」

ふらふらと立ち上がり、薄い金髪の少女は必死になって紙を集め始めた。

「書類はいいから、まずは挨拶《あいさつ》してください」と、ハッキネン大尉に言われて、彼女は頷《うなず》いた。

おもむろにぴょこん！　と立ち上がると、手のひらに何か書いて、それをナメる仕草をした。

どうやら激しく緊張《きんちょう》しているらしい。

深呼吸して、つかつかと黒板の前に立つ。

「遠路はるばる、ようこそスオムスへ。各国からの義勇兵の皆様《みなさま》がたを歓迎《かんげい》いたします。え、えーっと、今日から皆さんといっしょに戦うことになりました、エルマ・レイヴォネン中尉です。その、あの、なんていうんですか？」

そう言って恥《は》ずかしそうにうつむき、ちらっとハッキネン大尉を横目で覗《のぞ》く。ハッキネン大尉はいいから早く説明しろというように、手を振った。

「その……、あの、わたし自分でも恐《おそ》れ多いと思うんですけど、その、中隊長っていうんですか？　この義勇独立飛行中隊のですね、あ、これは皆さんが所属する中隊の名前なんですけどね。もっと可愛《かわい》いのがよかったですかね。ペンギン中隊とかなんとか。てへっ」

リベリオン海軍の制服を着た巨乳《きょにゅう》少女が爆笑《ばくしょう》した。

「あっはっは！　ペンギンは、飛べませんねー！」

「そ、そうでした！」

どうやら冗談《じょうだん》ではなく、素《す》だったらしいエルマ中尉が、いけない！　というように口に手を置いた。それからがっくりと肩《かた》を落とす。

「わたしったら縁起《えんぎ》でもないことを……、独立中隊発足《ほっそく》の栄《は》えある日に……、くすん」

ハルカは目の前の中隊長が可哀想《かわいそう》になった。どうやらいらん苦労と悲観に振り回されるタイプのようだ。なんだか自分に似たものを感じた。

エルマ中尉は、自分を元気付けるように無理やり笑《え》みを浮《う》かべた。

「そういうわけで、中隊長とか、やることになったんだけど、あのその、みんな仲良くがんばろうねっ！」

と胸の前で拳《こぶし》をにぎり、軽く腰《こし》をかがめた。

しーん。

拍手《はくしゅ》も何も起こらない。智子と銀髪の少女は、冷たい目でエルマ中尉を見つめている。カールスラントの眼鏡《めがね》のちびっこは、ずっと本を読んでいるし、リベリオンの巨乳少女は鼻歌を歌いながら爪《つめ》の手入れをしていた。

無理やり奮い立たせていたらしい心をいきなりつぶされて、エルマ中尉はハッキネン大尉に泣きついた。

「ハッキネン大尉〜、やっぱりわたしじゃだめです〜、どうしてこんなわたしを中隊長なんかにしたんですかぁ〜〜〜」

眼鏡をついっと持ち上げ、冷たい調子でずばりとハッキネン大尉は告げた。

「他《ほか》に余っている〝機械化航空歩兵《魔女》〟がいなかったからです」

「そんなぁ〜〜〜」

と情けない声で、エルマ中尉は肩を落とす。ぷるぷるとその身体《からだ》が震《ふる》えている。泣いているのかとハルカは心配したが、違《ちが》った。

「前向き前向き。ポジティブシンキング、ポジティブシンキング」

なにやら呪文《じゅもん》のようにそうつぶやくと、きっ！　と顔をあげた。

「それじゃあ自己紹介《しょうかい》！　いってみようねっ！」

割と単純な性格らしい。

「じゃあ、向かって左端《ひだりはし》から！」

がたん、と無言で銀髪の少女が立ち上がる。

「ブリタニア空軍、エリザベス・ビューリング。階級は少尉」

気難しそうな声でそれだけ言うと、すぐに着席してしまった。困ったような声で、エルマ中尉が促《うなが》す。

「えっと、他には？」

「他にはとは？」

「ほら、わたしたち仲良しさんになるんですから、いろいろと知っておかないと……。その

「……、好きな食べ物とか。恋人《こいびと》の有無《うむ》とか、癖《くせ》とか特技とか」

聞いてどうする、といった質問項目《こうもく》をエルマ中尉は並べ始めた。

「装備機は？」

とハッキネン大尉《たいい》が、ビューリングを促した。

「ハリケーン」と短く、ビューリングは答える。

「いい飛行脚《ストライカー》ね」と、ハッキネン大尉は、ビューリングにつぶやいてみせた。

「えっと、ではお次のかた、お願いしますっ！」

にこっ！　と特大の笑みを浮かべて、巨乳少女が立ちあがる。

「リベリオン海軍から来ました、キャサリン・オヘア少尉でーす！　皆さんどうぞよろしくねー！」

無邪気《むじゃき》な仕草で、ぱたぱたと両手を振《ふ》った。

「ミーの特技はこれね！」

言うなり、キャサリンは腰からリボルヴァーを抜《ぬ》いた。腰だめにしたリボルヴァーの撃鉄《げきてつ》を、左手ではじいて連射する。

部屋にいた全員がとっさに床に伏《ふ》せた。

バウンッ！　バウンッ！　バウンッ！　バウンッ！　バウンッ！　バウンッ！

と、黒色火薬の図太い発射音が鳴り響《ひび》く。

「OH！　驚《おどろ》かないで！　空砲《くうほう》でーす！　これ挨拶《あいさつ》用ね！」

西部劇のようにくるくると指でリボルヴァーを回し、すとんとホルスターに落とし込む。

「黒板に大穴があいてますが」とどこまでも冷静な声で、ハッキネン大尉が黒板の弾痕《だんこん》を指差した。

「ソーリィ！　間違えましたー！」

と、なんら悪びれない声で、キャサリンはあはははは、と笑った。

なんだかやけくそに近い調子で、エルマ中尉が指差したのは、真ん中の椅子《いす》に腰掛《こしか》けた、一番年が若いように思えるカールスラント少女。

「え、えっと……、次！」

彼女は、ぱたん、と読んでいた本を閉じると、まずは几帳面《きちょうめん》に椅子の隣《となり》にあったかばんにそれを片付けた。ついでぼろぼろのノートを取り出す。

一同がなんだなんだと見守っていると、おもむろに彼女はそれを掲《かか》げた。

「わたしはカールスラント空軍、ウルスラ・ハルトマン曹長《そうちょう》です。カールスラント軍人のモットーは、『すべて教科書から学ぶ』です。したがってわたしは、すべてこの『カールスラント空軍教範《きょうはん》』に則《のっと》って、行動します」

エルマ中尉は口をぽかーんとあけて、少女を見守った。

「カールスラント空軍教範？」

「はい」

「ここはスオムスなんですけど……」

ウルスラは、直立不動のまま、答えた。

「わたしはカールスラント空軍軍人です。それはもう、南極だろうが、空の果てだろうが、それだけは変わらないのです。したがって中隊長殿《どの》におかれましては、これを熟読くださるよう、お願い申し上げます」

そう言って『カールスラント空軍教範』を手渡《てわた》す。

エルマ中尉はぱらぱらとめくったが、カールスラント語はもとより読めない。ため息をついて、それを机の上に置いた。

床《ゆか》に散らばった書類を悲しげに見つめる。ブリタニア語に訳したスオムス空軍の教範であったが、この分ではこんなの読んでくれないだろう。

「えっと、では次の人、お願いします」

は、はいっ！と緊張《きんちょう》してハルカは立ち上がった。

「扶桑皇国海軍、迫水ハルカ一等飛行兵曹です！　趣味《しゅみ》は、あの、そのあんまりうまくないけどお菓子《かし》作りです。お団子……、といってもわかりませんよね。扶桑皇国のお菓子で、米の粉をこうかためて作ります。もちもちっとした食感がですね、すごくいいので今度皆《みな》さんに作ってあげたいと思います。えっと、それでですね、特技は弓道です」

そこまで言ったとき……、エルマ中尉がボロボロと泣いているのに気づいた。

「わ、わたし何かまずいことを?」

「違《ちが》うの。感動したの。普通《ふつう》の人がいたから……」

ハルカは、自分がとんでもないところに来たのだと、初めて気がついた。

一方、智子は……。

激しく怒《いか》りに震《ふる》えていた。

なにここ?

どうしようもない連中ばっかりじゃない。手柄《てがら》を立ててカールスラント組を見返そうにも、こんな連中といっしょじゃどうにもならない。

じゃあどうすればいいんだろう。

変えるしかない。

変えてやる。

と、智子は思った。

まずはこの連中を、鍛《きた》え上げて、せめて役にたつようにするのだ。いざ実戦というとき、足を引っ張られたらたまらないもんね、と智子は一人ごちた。

「では、最後の人……」と、エルマ中尉《ちゅうい》が促《うなが》したので、智子は勢いよく立ち上がった。この場の主導権を、一発で握《にぎ》らねばならない。

「扶桑皇国陸軍、穴拭智子少尉です。特技は格闘戦《かくとうせん》です」

戦争しにきたというのに、誰《だれ》も得意な戦術機動さえ述べない。まったくもっていらついてしまう。遊びじゃないってのよ。

エルマ中尉は、ぱちぱちと手を叩《たた》いた。

「え〜、この穴拭少尉は、なんと扶桑海で七機を撃墜《げきつい》したというエースさんなんですね〜。頼《たの》もしいですね！　皆さんによろしく教えてあげてくださいね！」

にっこりと笑ったエルマ中尉に、智子は告げた。

「それは、わたしに訓練を任せると解釈《かいしゃく》してよろしいのですか？」

真剣《しんけん》な智子の調子に、エルマ中尉は一瞬《いっしゅん》、え？　ときょとんとした。それから困ったように
ハッキネン大尉を見つめる。

「いいんじゃないでしょうか。実戦経験があるのは、彼女だけのようですから」

「じゃ、お願いしますね」

と、エルマ中尉はにっこりと微笑《ほほえ》む。

「では自己紹介《しょうかい》も終わったところで、ささやかですが歓迎《かんげい》の席を設けました」

「うわあ！　歓迎というと、お酒に料理ですね！」

キャサリンが飛び上がって喜んだ。

「用意してますよ！　では皆さんこちらへ……」とエルマ中尉が、先導しようとしたら、智子が立ちふさがった。

「はい？」

「歓迎会は、後にしましょう」

「へ？」

「いつネウロイが攻《せ》めてくるっていうかわからないのに、のんきに宴会《えんかい》やってる場合じゃないでしょう？」

ぎろっと智子ににらまれ、エルマ中尉は、ひ、とあとじさった。なに？　この子怖《こわ》い。

「で、でも……、遠路はるばる……」

「わたしたちは戦いに来たんです。ネウロイをやっつけにきたんです。手柄を立てに来たんです」

「でも……」とおろおろするエルマ中尉を、ぎろっと智子は睨《にら》んだ。

「訓練はわたしに一任する、そうおっしゃいましたね？」

「は、はいっ！」

と、どっちが上官かわからない態度で、エルマ中尉は答えた。

「だったら好きにやらせてもらいます。全員、装備を着用して飛行場へ」

# 第三章 CHAPTER 3 蒼空の訓練

STRIKE WITCHES
Shimada Humikane & Projekt Kagonish

　外に出ると、灰色の雲があたりを覆《おお》っていた。気温は氷点下五度。体感気温は遥《はる》かにそれを下回る。そこに震《ふる》えながら全員が整列した。それぞれ、本国から持ってきた飛行脚《ストライカー》を装備している。そばには整備兵が控《ひか》えて、エンジンの暖気を行っていた。

「ぶるるるる、しっかし、寒いですねー！　ねえトモコ、後にしませんかー？」

　キャサリンが震えながら呟《つぶや》く。その足には、以前装備していたＦ４Ｆより太い飛行脚……、ビヤスター・バッファローが取り付けられている。ビヤ樽《だる》のようなボリュームある飛行脚が、グラマーなキャサリンによく似合っている。

　智子はその飛行脚をちらっと一瞥《いちべつ》して、つぶやいた。

「なにそれ？」

「バッファローでーす」

「いや、飛行脚名を聞いてるわけじゃなくって。なんだか不格好《ぶかっこう》な飛行脚ね」

「さぁ？　でも、スオムスに来るとき、これしかないから我慢《がまん》しろって言われたねー！」

どこまでも楽しげな声で、キャサリンが言った。

これしかない？　つまりは、余りものってわけね。

「そんな鈍重《どんじゅう》そうな飛行脚で、格闘戦《かくとうせん》ができると思っているの？　リベリオンの技術者は何を考えているのかしら」

「でも、これってなんか頑丈《がんじょう》でーす！　気に入ってますねー！」

能天気なキャサリンの言葉にため息をついたあと、智子は隊長のエルマ中尉を見つめる。智子の視線に気づくと、エルマ中尉はびくっ！　として、将軍の閲兵《えっぺい》を受ける兵隊のように直立した。ちょっと震えながら唇《くちびる》をかみ締《し》め、空を仰《あお》ぐ。隊長なのに、部下に見つめられて緊張《きんちょう》するエルマ中尉であった。

「中隊長どの」

「は、はいっ！」

「それはなんという飛行脚ですか？」

智子は白い迷彩《めいさい》に彩《いろど》られた飛行脚を指差し、尋《たず》ねる。

「はいっ！　えっとですね、ロマーニャ製のＧ５０ですっ！」

「ふぅん……」と智子は、飛行脚を見つめた。やはり、機動に優《すぐ》れているようには見えない。おそらくはロマーニャでも余剰《よじよう》になったか機種改編で必要なくなった飛行脚なんだろう。しかし、機材不足に喘《あえ》ぐスオムスには、それでも精一杯《せいいっぱい》なのだ。

智子は次に、一番小さなウルスラに視線を向けた。なんだか見たことのない、妙《みよう》な飛行脚をはいていた。カールスラントといえば、メルスかと思ったが……。よく見ると、去年陸軍が輸入して、智子も試験に立ち会ったメルスとはラインが違《ちが》う。

「それはなに？」

「ハインツェルＨｅ１１２」

聞いたことのない飛行脚だ。シャープで速そうなフォルムのメルスと違《ちが》い、なんだかボテッとした、垢抜《あかぬ》けない飛行脚であった。

「新型なの？」

「違う。制式採用をめぐる競合で、メルスＭｅ１０９に敗れた機材」

「敗れた機材？　なんでそんなやぼったいの持ってきたの？　お国の自慢《じまん》のメルスはどうしたのよ」

「足りなかった」

ウルスラは、ぽつりとつぶやくように言った。なるほど、メルスは主力である。カールスラントでは現在、国境付近でネウロイとの激しい攻防《こうぼう》が続いている状態だ。虎《とら》の子のメルスは、そちらに回すだけで精一杯なのだろう。

次に銀髪《ぎんぱつ》のブリタニア少女、ビューリング少尉《しょうい》が装備した飛行脚を見つめる。ボアのついた革《かわ》の防寒着の下にのびる茶色の装脚機《ストライカー》に、蛇《じゃ》の目の国籍《こくせき》マークがおどっている。

しっかし、どうにも古臭《ふるくさ》いフォルムであった。

機械化航空歩兵《アヴィドル》雑誌で見たことのある、スピットファイアじゃない。これは……。

「ハリケーン？」

智子が尋ねると、こくりとビューリングは頷《うなず》いた。

「二線級の飛行脚じゃない」

「それがどうした？」

と、ビューリングは智子を冷たい目で睨《にら》んだ。それから彼女は、煙草《たばこ》をくわえると火をつけた。

「訓練中よ」

智子の注意も気にせずに、優雅《ゆうが》にビューリングはぷかぷかと煙草をふかしている。二人の間にざわっと緊張が走り、エルマ中尉がひ！　とあとじさった。

しゅわっ！

抜刀《ばっとう》、智子の軍刀が一閃《いっせん》した。

皆《みな》、きゃあ！　と叫《さけ》んで目をつむる。

チン、と音がして、智子の軍刀は鞘《さや》に収まる。電光石火の居合技《いあいわざ》である。ビューリングのくわえた煙草が真ん中ぐらいから切れ、ぽろりと雪面に落ちた。

しかしビューリングは目を開けたまま、身じろぎもしない。

落ち着いた態度で、切れた煙草を回転させてくわえ、再び火をつける。

「吸い口がそろった。ありがとう」

どうやらこのビューリングは、かなり肝《きも》が太いらしい。智子は忌々《いまいま》しげに見つめていたが、顔をそらした。

小さな声で、吐《は》き捨てるように呟《つぶや》く。

どいつもこいつも、二線級の飛行脚《ストライカー》ばっかり！

わたしもそりゃ、旧式のキ27だけど……、きちんと理由がある。扱《あつか》いなれているし、絶大の信頼《しんらい》を置いているからだ。それと違い、どうやら他《ほか》の連中はただ単に古臭い飛行脚を押し付けられただけのようだ。

わかっちゃいたけど、つまりはここスオムスは主力を回すほどじゃない二線級戦場……、それが各国の見解なのだ。その事実を繰《く》り返し突《つ》きつけられたような、そんな気分になる。

智子は深いため息をついたあと、今度はハルカに目をやった。

ちょっと変わった装備方法である。

他の〝魔女《まじょ》〟たちは飛行脚を足に装着することで装備していたが、それにくわえ、ハルカの装脚機《ストライカー》には、馬のように跨《また》る部分が存在した。以前、陸海合同演習で見たことのある九六式艦《かん》戦《せん》じゃない。明灰色のシャープな飛行脚であった。

「初めて見る飛行脚ね」

智子に見つめられ、ハルカは頰《ほお》を染めた。

「は、はい！　十二試艦上戦闘脚です！　海軍の航空歩兵はほとんどこれに改変されてましてこないだぐらいから、陸上部隊もこれに改編しつつありまして……」

「ふぅん」と智子は、海軍の新鋭機《しんえいき》を見つめた。どうやらエンジンは、この前模擬戦《もぎせん》を行った、キ43と同じ物のようだ。性能はあれと同じぐらいだろう、と当たりをつけた。いや……、艦《かん》載《さい》仕様装備のハンデを考えれば、キ43のほうが幾分《いくぶん》性能はいいのかもしれない。

「こないだ？　じゃあまだ慣れてないのね？」

「はい……。慣れてません。ごめんなさい。すいません」

ハルカはすまなそうに、唇《くちびる》を嚙《か》んだ。ついで智子は、ハルカが重そうに持った大きな機《き》関砲《かんほう》に気づく。

「すごいの持ってるわね」

「二十ミリ機関砲です」

二十ミリィ？　とその場にいた全員が目を丸くした。無理もない、ほとんどの子が装備した機銃《きじゅう》は、七・七ミリか、十二・七ミリ機関銃である。二十ミリというのは、随分《ずいぶん》と大口径であった。

「威力《いりょく》は高そうだけど……、当たるの？」

ハルカの小柄《こがら》な身体《からだ》で、そんな大きな機関砲が振《ふ》り回せるのだろうか？　どうみても、持て余しているように感じる。

「あんまり、うまく当たりません」

小さな声で、ハルカが言った。

「当たらなければ、何ミリだろうが宝の持ち腐《ぐさ》れね」

「そのとおりです。うう……」

とハルカは、俯《うつむ》いた。

そんなハルカにこの新鋭の性能を引き出せるとは思えない。使いこなせなければ、新鋭も旧型も変わらない。つまりは、ハルカも戦力にはならないということだ。

とにかく、装脚機《ストライカー》の確認《かくにん》は終わった。

いよいよ訓練開始である。

智子は、ばん！　と軍刀を地面に突き立て、直立した。

「空中戦闘の要訣《ようけつ》は格闘戦にあり。鋭《するど》い旋回《せんかい》で敵の後ろに回り、近接攻撃《こうげき》の一撃で敵を倒《たお》す」

返事はない。

皆《みな》一様に、ぼけっと智子を見つめている。ほんとにやる気はあるんだろうか？

智子はいらついた声で、

「じゃあ、戦闘訓練を行います。ついてきて」

マ一型乙《おつ》魔《ま》道《どう》エンジンが唸《うな》りをあげ、智子はひざを曲げた姿勢で滑走《かっそう》を開始した。離陸《りりく》速度に達したところで、ジャンプをするように姿勢を伸《の》ばし、思い切り空へと飛び上がる。装脚機《ストライカー》が、全力で魔力を解放し、智子は急上昇《きゅうじょうしょう》を開始した。

「キ27の魔道エンジン出力はさほど大きくはないが、何せキ27は軽い。旧型とはいえ、ぐんぐんと上昇する。

下を見下ろすと、次々と乙女《おとめ》たちが離陸するのが見えた。

あっというまに智子に追いついてきたのは、ハルカの十二試艦戦である。

新鋭だけあって、上昇力は一番なのだろう。

ついで上昇してきたのは、ウルスラ曹長《そうちょう》のＨｅ１１２であった。見た目はもっさりしているが、かなりの高速機のようだ。

その次に、エルマ中尉《ちゅうい》のG50が続く。ビューリングのハリケーンがその次。ビリッケツはやはり重そうなキャサリンのバッファローであった。

智子は冷たいスオムスの空気をさいて、上昇を続けた。

身体の周りに張った魔力フィールドのおかげで、それほど寒くはない。

数分後、高度三千メートルで智子は水平飛行にうつった。

智子は喉頭《こうとう》式無線機のスイッチをひねり、ONにする。

「あー、こちら……、中隊長、符丁《コールサイン》はどうします?」

耳にあてた受話器から、雑音混じりのエルマの声が響《ひび》く。

「えっとですね……、どうしましょう。じゃあ、その、えっと、国名で」

「国名了解《りょうかい》。ではこちら扶桑一番、穴拭少尉。どうぞ」

「扶桑二番、迫水ハルカ一飛曹です」

「カールスラント一番、ウルスラ・ハルトマン曹長」

「えっと、スオムス一番、エルマ・レイヴォネン中尉です」

「……ブリタニア一番、エリザベス・ビューリング少尉」

「リベリオン一番、キャサリン・オヘア少尉ねー」

智子は命令を続けた。

「じゃあ編隊を組むわよ」

「了解」

と、返事が響く。

上昇力の順に、乙女たちが並ぶ。

しばらく巡航《じゅんこう》したところで、智子少尉は喉頭式マイクを指で二度叩《たた》く。国際共通の〃発信〃の合図である。

「では散会。とりあえず実力を見極《みきわ》めたいから、全員でかかってきて」

「はい？」

とエルマ中尉。

「全員ですかー？ トモコ、一対五で戦うですかー？」

とキャサリン。

「いいから。かかってきなさい」

と、智子は軍刀をすらりと抜《ぬ》き放った。備前長船が、スオムスの落ち行く陽《ひ》を受けて、ぎらりと怪《あや》しく輝《かがや》いた。しかし、今回の得物はそれではない。軍刀を左手に持ち替《か》え、鞘《さや》を握《にぎ》り締《し》める。

「わたしはこの鞘であなたたちの身体《からだ》のどこかを叩いたら、一本ね。でもってあなたたちは、機銃《きじゅう》、刀剣《とうけん》、格闘《かくとう》、何を使ってもいいわ。わたしを戦闘不能にするか、背中をタッチしたら、撃墜《げきつい》とする」

「そんなぁ、トモコ少尉が怪我《けが》したらどうするんですかぁ」と心配そうな声でエルマ中尉。

「わたしなら大丈夫《だいじょうぶ》。怪我なんかするわけない。それより自分の心配してね。お互《たが》いぶつかったりしないように」

まるで遠足に赴《おもむ》く幼児に注意するような調子で智子が言ったので、五人はそれぞれ、程度の差はあるが、むっとした。

「じゃあ始めるわよ」

乙女たちは一斉《いっせい》に、智子めがけて殺到《さっとう》した。

「いきまーす！」と叫《さけ》んで、まず突《つ》っ込んできたのはハルカの十二試艦戦《かんせん》である。見れば、まっすぐ一直線にこっちに向かってくる。あれでは後ろがガラ空きだ。

ため息をつきながら智子は待ち受けた。

「ちぇすとー！」

ハルカときたら、目までつむっている。それでは攻撃が当たるわけはない。

智子はなんなく突進《とっしん》をかわすと、握った鞘でハルカの頭をぽかんと叩いた。

「あいた！」

「はい撃墜」

次に向かってきたのはウルスラだった。

智子は、Ｈｅ１１２の高速に驚《おどろ》いた。結構なスピードで突っ込んでくる。

ウルスラに追いかけられるかたちで、智子は飛行する。智子は焦《あせ》らなかった。現在一対四だが、結局攻撃《こうげき》位置につけることができるのは、一人だけだ。

智子は緩旋回《かんせんかい》を開始した。

ゆっくりと……、誘《さそ》うような緩《ゆる》やかな弧《こ》を描《えが》き、飛行する。

ぴったりと後ろについたウルスラは、ドドドドド！　と、持っていた十二・七ミリ機銃をぶっ放した。〝機械化航空歩兵《魔女》〟は飛行中、特殊《とくしゅ》な魔力のフィールドで身体を覆《おお》う。したがって、多少の被弾《ひだん》ならものともしないのだが……、ほんとにぶっ放されるとやはり緊張《きんちょう》する。

「いや、撃《う》っていいって言ったけどさ……。ほんとに撃たないでよね」

まあ、ある意味生真面目《きまじめ》なんだろう。『撃っていい』と智子が言ったから、ウルスラは撃っているのだ。

しかしウルスラは偏差《へんさ》射撃を未《ま》だよく理解していない。

智子は高速で弧を描いて飛行しているのだ。未来位置を予想して、そこに弾丸《だんがん》を送り込まねばならない。ウルスラの放つ十二・七ミリ機銃弾が智子を追いかける。しかし絶妙《ぜつみょう》な位置取りを続ける智子には紙一重《かみひとえ》で届かない。

それでもウルスラは、基本どおりに照準を修正しながら射撃を続けた。徐々《じょじょ》にアイスキャンデーのような、青白い射線が智子に近づいてくる……。

しかしそんな教科書どおりのやり方は、実戦では通用しない。智子は徐々に旋回の幅《はば》を小さくしていった。Ｈｅ１１２は高速だが、旋回性能はたいしたものではない。旋回半径が縮まるにつれ、徐々に速度を失い……、逆に智子に後ろにつかれてしまう。

「………」

すっかりあきらめきったウルスラの背中を、智子はぽん、と押した。

「回避《かいひ》機動ぐらい、しなさい」

「習ってない」

これでハルカとウルスラが脱落《だつらく》。

次はウルスラと〝ロッテ《ペア》〟を組んでいたエルマ中尉《ちゅうい》であった。

彼女は智子めがけて飛んで……、こない。じろっと智子が睨《にら》んだだけで、エルマ中尉はびくっ！　と身体を震《ふる》わせ、逃《に》げていった。

「中隊長、どこに行くんですか？」

「えぇっと、撃墜でいいでーす！」

「いいですじゃなくて！ なんのための訓練ですか！ 撃墜されないための訓練じゃないですか！」

しかし臆病《おくびょう》なエルマ中尉は、遠くまで逃げてしまい、そこでぐるぐると旋回をおっぱじめた。どうにも勇気が出ないらしい。

なにあの中隊長！ といらついていると、びゅん！ と上から一撃をかけられた。とっさにかわす。見ると、ハリケーンを装備したビューリングが降下していくのが見えた。彼女は急降下の勢いを利用して、上昇《じょうしょう》にうつる。鮮《あざ》やかに飛行脚《ストライカー》を操《あやつ》っていた。

彼女は、どうやら今までの素人《しろうと》たちとは、実力が違《ちが》うようである。

智子は軽く下唇《したくちびる》を舐《な》めた。やる気が出たときの癖《くせ》である。

「面白《おもしろ》いじゃないの」

智子は身を翻《ひるがえ》し、ビューリングを追いかけた。

そのまま上昇して智子の頭を押さえるように動き、再び一撃離脱《りだつ》をしかけてくるのかと思ったら、違った。

なんと、ビューリングは身体の向きを変えると、一直線に智子に向かって突っ込んできたのである。

「真正面から？　ヘッドオン《対正面》で、機銃《きじゅう》を撃ち込むつもりね」

しかし、ビューリングは構えた機銃を背負った。そして……、腰《こし》からナイフを抜《ぬ》いた。真ん中から折れ曲がっている。

グルカナイフだ。

智子の笑《え》みが、つりあがった。

「ますます面白いじゃないの。このわたしに格闘戦《かくとうせん》を挑《いど》むなんて」

智子は鞘《さや》を腰にさすと、軍刀を握《にぎ》りなおした。

手加減はしない、という意思表示だ。

二人の距離《きょり》はぐんぐんせまる。百メートル、七十メートル、五十メートル、二十メートルにせまったとき、智子は身体《からだ》を沈《しず》め、軸線《じくせん》をずらした。そのまま身を沈め、ビューリングの下にもぐりこみ、身体を引き起こす。

宙返《ループ》り。

しかし……。

ビューリングも同じことを考えていたようだ。縦に百八十度身体を回転させた先に、ビューリングがいた。智子と同じ機動を行っていたのだ。

反射的に、智子の軍刀が一閃《いっせん》。

ビューリングのグルカナイフとぶつかり合い、火花が散った。

続けざまに智子は縦旋回。

二度の小回りに、ハリケーンは追随《ついずい》できない。

ひねりをくわえ、智子はインメルマンターン。

ぴたりとビューリングの後ろについた。かなわぬとみて取ったのか、ビューリングは一気に身体を急降下させた。

「逃がすもんですか！」

智子も急降下にうつり、ビューリングを追いかけた。

その瞬間《しゅんかん》である。

後ろから、何かが急速に近づく気配を感じ、智子は振《ふ》り返った。

「うわぁあああああ！　どいてくださーい！」

キャサリンであった。

いったい何をしているのだろう？

「どうしたのよ！」

「とまれませんねー！」

どうやら、重そうなバッファローを急降下に入れたら、とまらなくなったらしい。

「なにやってるのよ！」

智子はその腕《うで》に飛びつき、キャサリンの身体を引き起こそうとした。しかし……、勢いのついた重たいバッファローとキャサリンは、そのペットネームの動物のような地面への突進《とっしん》をやめそうにない。

「引き起こして！」

「無理ねー！」

キャサリンとバッファローは二つそろってどうにも重く……、引き起こすことができないらしい。

まずいわね……、と舌打ちした瞬間、がしっとキャサリンの左腕に誰《だれ》かが取り付いた。見ると、ビューリングであった。

彼女の不機嫌《ふきげん》そうな声が、ヘッドフォンから聞こえてくる。

「全開」

智子は魔道《まどう》エンジンを全開にして、引き起こした。やっとのことで、キャサリンは身体を引き起こすことができた。

三人はなんとか、水平飛行に移る。

智子はやっとのことで、安堵《あんど》のため息をついた。

それからビューリングを見つめる。

「一個貸しね」

「貸し？　訓練だろ」

と、つまらなそうな声で言われて、智子は少しかちんとした。

「感じ悪い子ね……、これだからブリタニア人は嫌味《いやみ》だっつうのよ」

「うるさい。野蛮人《やばんじん》」

野蛮人と言われ、智子の目がつりあがった。

「誰が野蛮人よ！　この島国の変質者！」

「お前の扶桑皇国だって島国だろうが」

智子とビューリングは、キャサリンをはさんでお互《たが》いをののしりあった。

「ミーをはさんでケンカしないでくださーい！」

どうにもこのビューリングとは仲良くできそうにないわね、と智子は一人ごちた。

着陸した乙女《おとめ》たちを前にして、智子は講評を開始した。

「ぜんぜんだめ」

短い一言で、智子がそうぶった切ると、ビューリングとウルスラを除く全員ががっくりと肩《かた》を落とした。

「こんなんじゃ、ネウロイが攻《せ》めてきたら一撃《いちげき》よ。あなたたち」

「うう、どうしましょう」とエルマ中尉《ちゅうい》は悲しそうな顔で、智子を見上げる。

「訓練です。訓練！　明日から、猛特訓《もうとっくん》を開始します！　せめて生きて帰ってくることができるように、一から鍛《きた》えなおします！」

そう言ったら、ウルスラとビューリングを除く三人からブーイングが飛んだ。

「えええええ～～～」

「なによ！　やる気あるの？　あなたたち！　自分の命がかかってるのよ！　真剣《しんけん》になりなさいよ！」

智子がそう怒鳴《どな》ったら……、後ろから笑い声が響《ひび》いた。

「おほほほほほほほほほ！」

「はぁ？」

と智子は振り向いた。見ると、十人ほどの少女たちが並んで、智子たちを見つめていた。おそろいのボアのついた革《かわ》ジャケット。腕にはスオムス空軍マークの、青い十字。

そして……、その足には、スマートなフォルムの飛行脚《ストライカー》が光っている。

どうやら彼女たちは、スオムス空軍の機械化航空歩兵であるようだった。

「アホネン大尉！」

エルマ中尉がそう叫《さけ》んだ瞬間《しゅんかん》、智子とハルカは爆笑《ばくしょう》した。

「な、何がおかしいのよ！」

先頭に立った、巻き毛の金髪《きんぱつ》の少女が怒鳴る。身長は智子より五センチほども高い。前髪《まえがみ》は持ち上げられ、リボンで結んであった。広めの額の下、切れ長の蒼《あお》い瞳《ひとみ》が光っている。

なんだか意地の悪そうなそんな顔を見つめ、智子は笑いつづけた。

「アホって！」

「わたくしはミカ・アホネンよ！　それがどうしたのよ！　苗字《みょうじ》じゃないのよ！」

「いや……、外国の苗字に文句をつける気はないけど……」

智子がそう言ったとき、ハルカが小さな声でつぶやいた。

「わたしはあほやねん」

ぶわっはっはっはっは！　と智子は腹を抱《かか》えて笑った。ハルカの肩を叩《たた》く。

「あなた、機械化航空歩兵の才能はないけど、妙《みょう》なセンスあるわね～」

顔を真っ赤にしたミカ・アホネン大尉がよってきて、智子を平手打ちにした。

ぱしぃ～～～～ん！　と乾《かわ》いた音が、スオムスの空気に溶《と》けた。

「なにすんのよ！」

「上官に向かってどういうこと！　この不良外国人どもが！」

「不良外国人ですってぇ？」

智子の目がつりあがった。

「あんたたちの国を助けにきてやったんじゃないのよ！　わざわざこんな田舎《いなか》くんだりまできてやったのに、その言い草はどういうこと？」

ミカ・アホネン大尉は、髪をかきあげた。金色の巻き毛が、きらきらと光る。

「確かに頼《たの》んだわ。頼《たよ》りになる助《すけ》っ人《と》を送って頂戴《ちょうだい》、ってね！」

「だから来てやったんじゃないのよ」

「はぁーん？　はぁーん？　どこが頼りになるっていうの？　あなたたちの装備した飛行脚、どう見ても二線級じゃないの！」

智子は、痛いところをつかれ、う、と口籠《くちご》もった。

「さっきの訓練、遠くから見学させてもらったわ！　その実力、いかにも余りものって感じぃ？」

智子は、さらに痛いところをつかれ、押し黙《だま》った。ミカ・アホネン大尉は、握《にぎ》った拳《こぶし》でぐりぐりと、智子の頬《ほお》をこねくり回した。

「いやな子！　生意気でいやな東洋人ですこと！　せいぜい、わたくしたち正規軍の足を引っ張らないで欲しいものですわ！　ねえ？　エルマ中尉」

　ミカ・アホネン大尉は、エルマに顔を向けた。小さく、エルマ中尉は縮こまる。

「第一中隊、ナンバーワンの落ちこぼれには、ぴったりの任務じゃない？　こんな〝いらん子中隊〟の指揮官なんて。ね？」

　ミカ・アホネン大尉の後ろに控《ひか》えた、機械化航空歩兵の少女たちが大声で笑った。

　恥《は》ずかしそうにエルマ中尉は下を向く。

「いらん子中隊ですってぇ？」

「そうよ。あなたたちの資料を読んだわ。どうやらお国で持て余された、落ちこぼれぞろいじゃないの」

「そんなことないねー」

　とキャサリンが反論した。

　ミカ・アホネン大尉は、大声で笑った。

「そんなことあるわよ！　リベリオン海軍の〝壊し屋《クラッシャー》〟さん！　飛行学校での訓練期間から、ここに来るまで、あなた何個の飛行脚を壊したの？」

「さぁ？」

「六十三機よ。撃墜王さん」

「悲しい事故ねー」

「いや、記録を読む限り、あなたの人為《じんい》的事故だから」

と、ミカ・アホネン大尉は切り捨てた。

「さて、そこの銀色のワンちゃん」

と次にビューリングを見つめて言った。使い魔《ま》のダックスフントと一体化しているので、彼女の頭には可愛《かわい》らしい犬の耳が生えている。

「あなたはブリタニア空軍で、八十二回軍規違反《いはん》を犯《おか》し、書いた始末書二百三十二枚、営倉入り五十四回、軍法会議八回……、銃殺刑《じゅうさつけい》になりそうになったこと三回……。とんだ反抗児《はんこうじ》ね」

ビューリングはゆっくりと指をおって数をかぞえはじめた。

「営倉入りは五十五回だ」

「自慢《じまん》にならないわよ！　そんなの！　スオムスはブリタニアの流刑地《るけいち》じゃないのよ！　まったくいい加減にしてほしいわ。そしてそこのカールスラントのおちびさん」

ウルスラは眼鏡《めがね》を持ち上げた。

「はい」

「あなたはカールスラントで、一部隊、自分の〝実験〟のために壊滅《かいめつ》させたらしいわね」

「新型の航空爆弾《ばくだん》を試《ため》しただけです」

「それにより、一個飛行中隊が重傷……。スオムスには何の実験をしにきたのかしら？　せいぜいおとなしくしていてね！」

ウルスラは答えない。

次にミカ・アホネン大尉《たいい》は、ハルカを指差した。何か言われる前に、ハルカは絶叫《ぜっきょう》する。

「は、はい！　ごめんなさい！　わたし扶桑皇国海軍横浜《よこはま》航空隊創設以来の落ちこぼれって言われましたぁ！〝味方撃《う》ちの迫水〟って言われて、お前は機銃を撃つなとまで言われました！　すいません。ごめんなさい。ほんとごめんなさい。生まれてすいません」

その仕草を見て、にゃ〜〜〜っと、ミカ・アホネン大尉は笑《え》みを浮《う》かべた。

「いいわ。あなたみたいな正直な子、わたくしすきよ」

それからつかつかとよってきて、ハルカのあごを持ち上げる。

「え？　え？　えええ？　ひえ？　んむっ！」

そして、わけがわからないままのハルカの唇《くちびる》に、自分のそれを押し付ける。

「む〜〜〜〜〜！」

ぷはっ、と唇を離《はな》すと、ふらふらとハルカは地面に崩《くず》れ落ちる。ミカ・アホネン大尉の胸倉《むなぐら》をつかみ、智子は怒鳴《どな》りつけた。

「ちょ、ちょ、ちょっとぉ！　あんたなにしてんのよ！」

「気に入ったから、ご挨拶《あいさつ》しあげただけじゃないの」

「挨拶？　女の子の口にキスっておかしいんじゃないの！」

「あら、恋《こい》は自由よ」

智子はせつなくなった。こんなレズビアンの変態と、いっしょに戦わなくちゃならないなんて……。

ミカ・アホネン大尉は、膝《ひざ》をついて呆然《ぼうぜん》としているハルカに口を近づけた。

「ねえあなた。そんないらん子中隊を抜《ぬ》け出して、わたくしの隊にいらっしゃいな。わたくしの〝いもうと《列機》〟にしてあげる。おほ！　おっほっほっほ！」

周りにいた第一中隊の隊員たちは、いっせいにミカ・アホネン大尉に詰《つ》めよった。

「そんな！　お姉さま！　ひどいですわ！」

「これ以上、〝いもうと〟を増やしてどうなさるおつもり！」

智子はあきれて、そんな様子を見つめた。どうやらこのアホネンは、自分の中隊をハーレムにしているらしい。

「とにかくそんなわけで、訓練するのは勝手だし、飛行場も使っていいけど……、せいぜいわたくしたちの足を引っ張らないでね？　わかった？　エルマ中尉」

は、はい……、とエルマ中尉はうなだれた。

「ほら、このようにわたくしたちは、カールスラントから買い付けた、新鋭《しんえい》のメルスE型を装備することになったのだから、余計な邪魔《じゃま》は控《ひか》えていただきたいわ」

なるほど、見覚えがあるスマートなラインのメルスが、第一中隊の乙女《おとめ》たちの足に光っている。

「く……」と智子は、悔《くや》しさで唇をかみ締《し》めた。

その智子の顔を、ミカ・アホネン大尉は軽蔑《けいべつ》を浮かべた目で見つめた。

「穴拭智子少尉ね」

「そうよ」

「あなた、ちょっとばっかネウロイを撃墜《げきつい》したことがあるからって、調子に乗るんじゃないわよ」

「なんですって？」

「あなた一人で何ができるって言うの？　空中戦闘《せんとう》はチームワーク！　しょせんあなたたちは烏合《うごう》の衆。ネウロイが攻《せ》めてきても、おとなしくこの基地で遊んでて頂戴《ちょうだい》。邪魔だから」

う、と智子は拳《こぶし》を握《にぎ》り締める。

悔しさが膨《ふく》れ上がる。

気がついたら、ミカ・アホネン大尉に指をつきつけていた。

「だ、誰《だれ》があんたたちなんかに負けるもんですか！」

「せいぜい、訓練してね？　わたくしたちの足を引っ張らないように！」

あっはっは！　と大笑いを残して、ミカ・アホネン大尉とその取り巻きたちは、去っていった。

あとに残された智子はわなわなと奮えながら、その背に怒鳴った。

「覚えてらっしゃい！」

# 第四章 CHAPTER 4

# 智子の憂鬱

「っていうか、あなたたち悔しくないの！」

ばん！　と机を叩《たた》いて、智子が怒鳴《どな》る。

ここはさきほどのブリーフィングルームがあった倉庫。そこの一室を建材で区切り、宿舎の体裁《ていさい》を整えているのであった。

そこの、食堂兼休憩室《けんきゅうけいしつ》で、智子たちは夕食をとってくつろいでいる最中《さなか》であった。

使い古された椅子《いす》とテーブルが横たわるだけの、殺風景な部屋である。煤《すす》がこびりついた薪《まき》ストーブが二つ、頼《たよ》りなげに部屋に暖《あた》気を与えていた。

時刻は夜の九時。

消灯前の自由時間であった。

智子にそう言われて、恐縮《きょうしゅく》したのはハルカだけ。残りの隊員は、どこ吹《ふ》く風といった雰囲気《ふんいき》である。

ウルスラは相変わらず小難しい本を読みふけっているし、キャサリンはラジオを聞きながら、どこからか失敬してきたパンを齧《かじ》っている。ビューリングは使い魔《ま》のダックスフントと戯《たわむ》れていた。

智子はさらに語気を強めて言い放つ。

「わたしたち、〝いらん子〟って言われたのよ！」

まあまあコーヒーでも……、と言って、エルマ中尉《ちゅうい》が智子にカップを差し出した。

智子はそれを受け取ると、ぐいっと一気に飲み干した。

「熱いのに……」とエルマ中尉が、つぶやいたら、

「熱くない！」

と智子は怒鳴った。

「ね、熱湯で作りましたけど……」

「コーヒーじゃなくて、あんたたちの温度を言ってるのよ！　なんでそんなにやる気がないわけぇ？」

智子は舌打ちすると、ウルスラの読んでいる本を取り上げ、言った。

「ねえウルスラ。あんたね、馬鹿《ばか》にされたのよ？　役立たずって言われたのよ！　わかってんの？」

「他人の評価は関係ない。わたしは、自分の研究が邪魔《じゃま》されなければ、それでいい」

そして再び、智子から本を取り上げ、読み始めた。

智子は、パンをほおばっているキャサリンの前に立った。

「ねえ、オヘア少尉」

「キャサリンと呼んでくださーい」

「じゃあキャサリン、あなたあんなに馬鹿にされて悔《くや》しくないの？　お国のフロンティアスピリッツに火がつかないの？」

「言いたい人には言わせとけって、ダディが言ってたね」

「わたしたち、言われすぎじゃない」

「まー、ミーは、なんでもいいね。ちょっと寒いけど、住めば都ね」

智子は首を振《ふ》ると、エルマ中尉に向き直る。

「は、はいっ！　なんでしょう！　少尉どの！」

階級が下の智子に、思わず〝どの〟をつけてしまうエルマ中尉であった。

「わたしたち、せっかくスオムス救援《きゅうえん》に来たってのに、この待遇《たいぐう》はあんまりじゃありません？」

「え、えっと……、それは……」と、エルマ中尉は口をにごらせた。

「わたしたちが、期待通りの戦力じゃなかったから？」

苦虫《にがむし》を噛《か》み潰《つぶ》したような顔で、智子は言った。

「どうなんでしょうかねぇ〜〜」

エルマ中尉は無理やり笑《え》みを浮《う》かべた。

「そうなんでしょう？　戦力にならんやつらには、ご飯も！」

智子はテーブルの上の、ほとんど水ばかりのスープを指差した。

「部屋も！」

それから、ヒビの入った壁《かべ》を指差した。

「こんなんでいいと思われてる！　そうでしょう⁉」

エルマ中尉は智子の剣幕《けんまく》にのまれ、思わず頷《うなず》いてしまった。

「それが軍上層部の見解だとエルマ中尉個人も思うであります！」

智子はしばらくわなわなと震《ふる》えていたが、やおら顔を持ち上げた。そして怒鳴る。

「ねえみんな！　悔しくないの？　救援にわざわざやってきた国にまでいらん子扱《あつか》いされてるんだよ？　もっと悔しがってよ！　やる気だそうよ！」

智子がそういうと、ビューリングが頭をかいた。

「やる気とか、やる気がないとか、関係ないだろう」

「どういうこと？」

「わたしは、命令で来ただけだ」

「あんた、抗命罪《こうめいざい》の常習犯だったんでしょう？　それなのに、命令だからってこんな待遇に従うの？」

「他《ほか》にいくところもないしな」

とビューリングは、再び犬とじゃれ始めた。

「飯も出る。寝《ね》るところもある。おまけにうるさいことは言われない。特に文句はないよ」

智子はわなわなと震えていたが、怒《いか》りを呑《の》み込んだ。

とにかく、少しでも中隊の総合戦力をあげないことには、ネウロイが攻《せ》めてきたときに、ほんとに投入されない、なんてことにもなりかねない。そんなことになったら、赤っ恥《ぱじ》である。

カールスラント派遣《はけん》組を見返すこともできやしない。

「とにかく明日、午前六時から訓練だからね！　みんなちゃんと飛行場に集まってよ！」

と言い残し、自室へと引き上げた。

自室として与《あた》えられた部屋は、これまたボロかった。一応士官なので、個室が与えられたのだが、これなら兵たちがまとめて寝起《ねお》きする兵舎の方がだいぶマシであろう。もとは倉庫の一室であったらしい。部屋の半分は、埃《ほこり》のつもった木箱で埋《う》まっていた。上にシーツと毛布がかけられた、三つ並んだ木箱があった。

それがベッドらしい。

使い魔《ま》のコン平はあくびをすると、床《ゆか》の上で丸くなる。

すぐに寝息を立て始める。長旅、いきなりの戦闘《せんとう》訓練、と智子もクタクタであった。妙《みょう》なほてりが身体《からだ》を包んでいた。

智子は乱暴に飛行服……、巫女《みこ》服にしか見えないそれを脱《ぬ》ぎ捨て、下着っきりの格好になった。上半身に巻いたさらしを解《ほど》くと、ほどよい大きさの形のいい胸が現れる。

持ってきた風呂敷《ふろしき》包《づつ》みを解き、中から綿入れを取り出した。

それを素肌《すはだ》に羽織る。なんだか妙な格好だが、冬はいつもこれで寝る智子であった。

ベッドに横たわる。目をつむったが、すぐに開いた。

「寒い……」

そう感じるのも無理はない。床の板がずれて、そこから隙間《すきま》風《かぜ》が吹《ふ》いてくるのであった。雪深い北国の隙間風は、はっきりいって暴力である。智子は忌々《いまいま》しげに、木箱をぶち壊《こわ》し、その板を置いた。明日になったら釘《くぎ》でうって隙間をふさごうと考えていたら、ドアがノックされた。

「誰《だれ》？」

「……わたしです」

とハルカの声がした。

「開いてるわよ」

と言ったら、ドアが開き、ハルカが顔をのぞかせた。

「どうしたの？」

パジャマに半纏《はんてん》を着込んだ、なんだか懐《なつ》かしさを感じる格好をしている。どうやら国から持ってきたらしい枕《まくら》を胸の前で抱《かか》えて、智子を見つめていた。

「あの……、わたしもあれからすぐに寝ようと思って部屋に行ったんですけど、眠《ねむ》れなくって……」

「入って」

と智子はハルカを促《うなが》した。

「しかたないわね。今日だけいっしょに寝てあげる」

と言うと、ハルカは頷いてごそごそと智子のベッドに入ってきた。

「すいません」

とハルカは謝った。黒い、切りそろえられた髪《かみ》が、ほんとに幼い印象を智子に与える。機械化航空歩兵《魔女》とはいえ、まだ十二、三歳の少女なのだろう。なれぬ異国の夜で、不安になるのも無理はない。

「いいのよ。気にしないで。誰でも外国では不安になるわ」

「いえ……、そうじゃなくって」

「ん？」

「わたしのせいで、穴拭少尉までこんな扱《あつか》いを受ける羽目に……。わたしが落ちこぼれだから、穴拭少尉までいっしょにされちゃって……」

「別にあなたのせいじゃないわよ」

智子はそう言ったが、ハルカは納得《なっとく》していないようだった。

「いえ……、わたしのせいです……。わたしってば、横浜航空隊でも、皆《みな》の足引っ張ってたんです。だから、わたしだけスオムス行きが決まったとき、ちょっと安心したんです。ああ、これで皆の足を引っ張ることもないって……、でも、でも……、そうじゃ」

ぐすん、とハルカは鼻をすすった。

「今度は、尊敬している人の足を引っ張ってしまうとんでもない事態に……、ぐすん」

「だから、別にあなたのせいじゃないでしょって」

智子は慰《なぐさ》めるように、優《やさ》しい声で言った。

「いえ……、四分の一はわたしのせいです。十分引っ張ってます」

「だったら、がんばろう。馬鹿《ばか》にしたやつらを見返してやろうじゃない」

ハルカは、こくりと頷《うなず》いた。それから、熱した目で智子を見つめる。

「どうしたの？」

「いえ！　な、なんでも……」

それからハルカは、決心したようにつぶやいた。

「あの……、穴拭少尉……」

「なぁに？」

「外国にくると、味噌汁《みそしる》が飲みたくなるっていいますよね？」

「言うわね」

何が言いたいのだろう、と智子は思った。

「その……、味噌汁が飲みたくなったら、わたしを食べてください」

「はい？」

智子は、ハルカを見つめた。毛布を顔の半分まで引き上げ、ぷるぷると震《ふる》えている。切りそろえられた髪の下、目元まで真っ赤になっていた。

「食べてくださいって、あなた……」

「わたし、その……、ほんとに落ちこぼれだから、このぐらいしかお役に立てないって思って……。いや、わたしでよければ、なんですけども」

一生懸命《けんめい》にそういうハルカを見て、智子は笑ってしまった。

「わ、笑うなんてひどいです……」

「ごめんごめん。なんかおかしくなっちゃって……」

「本気で言ってるんですから」

「あのね、あなた女の子でしょ？　女の子同士で、そんな、ねぇ……。いくらなんでもねぇ……」

「じゃあ男の人とはしたことあるんですか？」

「いや、ないけど……、って何を言わせるのよ！」

と、智子が怒鳴《どな》ると、ハルカは毛布を頭まで引っかぶった。

「じゃあ、ちょっと試《ため》しにわたしに触《さわ》ってみてください……」

「はぁ？」

「試しです試し……。気に入るかもしれません」

智子はしかたなく、毛布の中に手を差し込む。

触ると言ってもどうやっていいのかわからないので、適当にピアノでも弾《ひ》くように指を動かしてみた。毛布の下のハルカの身体《からだ》が、小刻みに震え始める。

智子の指が、胸のあたりでスタッカートを刻み始めると、ハルカがかぶった毛布のかたちが、閉じた口のかたちに変わる。強く、毛布をかみ締《し》めているのであった。

「あなた、いっつも女の子同士で、こんなことしてるの?」

ちょっと呆《あき》れた声で尋《たず》ねたが、ハルカは答えない。海軍ってこういうことしてんのかしら……。ずっとフネの中だから、することないのかしら。

なんだかこりゃまずいな、と思って、智子は手を引っ込めた。

毛布に顔を入れて、ハルカの耳元で智子はささやいた。

「もう寝《ね》なさい」

「え?」

ちょっとがっかりしたような声で、ハルカはつぶやいた。怖《こわ》くて、覗《のぞ》きたくない。でも、覗きたい。そんな葛藤《かっとう》を、不意に取り上げられたような気分であった。

「明日も早いから」

「は、はい……」

ハルカは思った。

今まで味わった人生の快感を凝縮《ぎょうしゅく》させても、今の数秒には敵《かな》わない。

ああ、この人すごい……。

熱病に浮《う》かされたような目で、ハルカは隣《となり》に横たわった智子を見つめた。

綿入れがはだけて、しどけない寝姿《ねすがた》である。白くて、美しい、均整のとれた肢体《したい》が目に飛び込んでくる。

ずっと憧《あこが》れだった人が、今、身近にいるのだった。

聞こえないように、ハルカは小さくつぶやいた。

もう、どうなってもいい、そんな声であった。

「ああ、智子お姉さま……、わたし、もう、この身も心もすべて捧《ささ》げてお慕《した》い申しあげますわ……」

そんな風に決心すると……、ああ、あの姿だけは見せられない、その思いが強く大きく膨《ふく》れ上がった。

翌朝……。

「むにゃ……、こらこら牛どもめ、そっち行ったらダメねー。コヨーテが出るねー……。むにゃ……」

キャサリンが故郷のテキサスの夢を見ていると、ドアがばたん！　と開かれた。

「朝でございまーす！」

「な、なにごとねー！」

と、跳《は》ね起きると、ハルカが立ってキャサリンを睨《にら》んでいる。

「ハルカ？　いったい、どうしたねー？」

「智子少尉《しょうい》が言ったじゃないですか！　今日から訓練ですよって！」

「いや、でも……」とキャサリンは窓の外を指差した。

「今日は吹雪《ふぶき》ねー。明日にするねー」

「ダメです！　全天候対応が、智子少尉のモットーですっ！」

キャサリンははぁ、とため息をついて起き上がった。

ぶるるる、と震《ふる》えながらキャサリンが飛行場に向かうと、そこではすでにウルスラとエルマ中尉が、寒そうにフードのついた防寒着を着込んで突《つ》っ立っているところだった。

ウルスラは降りしきる雪にも負けず、こんなときでも本を読んでいる。

エルマ中尉は、緊張《きんちょう》したように唇《くちびる》をかみ締め、空を見つめている。

「来たわね」

いつもの巫女服《みこふく》を凛々《りり》しく着込んだ智子が、よたよたと歩いてきたキャサリンを見つめて言った。

「トモコ、ユーは寒くないねー？」

「寒いと思うから寒いのよ。心頭を滅却《めっきゃく》すれば、火もまた涼《すず》し」

「なにそれ？」

「わたしの国の言葉よ。訓練なのに寒いだなんて、強くなろうという集中が足りない証拠《しょうこ》だわ」

「寒いものは寒いねー」

とキャサリンは震えた。

「せめて熱いコーヒーが飲みたいね！」

そんなキャサリンの叫《さけ》びにも耳をかさず、智子はハルカに尋ねた。

「あの変態島国女は？」

「ビューリング少尉ですか？　それがその、部屋に鍵《かぎ》をかけて出てこなくって……」

智子はにや～～～～、と笑《え》みを浮かべた。しかし、目がどうにも笑ってない。いやもう、凶暴《きょうぼう》な笑みである。

「ＯＨ！　なんですかその笑み！　怖いね！」

キャサリンが叫ぶ。

エルマ中尉は頭を抱《かか》えて、ガタガタと震え出す。

ウルスラは気にせず本を読んでいた。

ずかずかと宿舎に踏《ふ》み込んだ智子は、ビューリングの部屋の扉《とびら》を思いっきり叩《たた》いた。

「こら！　さっさと起きなさい！」

返事はない。

智子はすらりと軍刀を抜《ぬ》き放つと、一閃《いっせん》させた。

ばたん、とドアが二枚に割れ、智子は中に踏み込む。

しかし……、ベッドの上はもぬけの殻《から》である。

智子はきょろきょろとあたりを見回した。

「どこに行ったのよー！」

と叫ぶと、後ろから声がした。

「ここだ」

振《ふ》り返ると、ビューリングが廊下《ろうか》の壁《かべ》に寄りかかって、こっちを見つめている。智子は思いっきり突きかかる。

ガンッ！　と鈍《にぶ》い音がして、ビューリングの顔の横に軍刀が突き刺《さ》さる。

「訓練の時間よ。どこに行ってたの」

と鬼《おに》の形相で智子はビューリングを睨みつけた。

「散歩」

と、いつもの涼しい顔でビューリング。

「みんな集まってるのよ。いいから早く来なさい！」

というと、ぷいっと部屋に戻《もど》ってしまった。

「どこに行くのよ！」

「寝《ね》る」

「寝るってあんたねえ……」

しかしビューリングは、気にした風もなく、いきなりぽんぽんと服を脱《ぬ》ぎ捨てた。そしてベッドにもぐりこむと、すぐに寝息を立て始めた。

智子はぴたっとその頬《ほお》に軍刀を当てた。

「起きないと切るわよ」

つまらなそうに、ビューリングはつぶやいた。

「そうしてくれ」

「はい？」

「このつまらない人生が終わるなら本望《ほんもう》だ」

智子はぐぐぐ、と唇《くちびる》を噛《か》んでいたが、きびすを返した。

「自殺の手伝いなら他《ほか》に頼《たの》んで！　明日は来なさいよね！」


ぷりぷりしながら戻ってきた智子を見て、ハルカが心配そうな顔で走りよる。

「ビューリング少尉《しょうい》は？」

「あいつはいいわ。役立たずもいいところ」

「はぁ、腕《うで》はいいのに、もったいないですね」

とハルカはため息をついた。

そして……、その場にいる人数が減っていることに気づいた。

「あれ？　ウルスラとキャサリンは？」

そこには緊張《きんちょう》したように立ちすくむエルマ中尉と、ハルカしかいないのであった。

すまなさそうな声で、ハルカがつぶやく。

「あの……、帰っちゃいました」

「帰ったぁ？」

「はい……、キャサリン少尉は、寒いからって。あと、ウルスラ曹長《そうちょう》は、読みたい本があるからって……」

智子はがっくりと膝《ひざ》をついた。

「なんなのよ！　もう、やる気あるの？」

「な、ないんじゃないでしょうか……」

とエルマ中尉がつぶやく。

がばっと跳《は》ね起き、智子は叫《さけ》んだ。

「いいわ！　ここにいる人たちだけで訓練します！」

ハルカとエルマ中尉は、散々怒《いか》り狂《くる》った智子に、しごかれる羽目になった。

第五章 CHAPTER 5

# ネウロイの侵攻

智子たちがカウハバ空軍基地にやってきてから、二週間が過ぎた。

その間、智子は訓練を続けたが……、キャサリンとウルスラとビューリングは参加しなかった。エルマ中尉とハルカは付き合ってくれたが、どうにも技量はあがらない。

とにかく二人とも、圧倒《あっとう》的に〝戦意〟がかけているのであった。おまけにエルマ中尉は臆《おく》病《びょう》だし、ハルカは飛び方からしてダメである。こないだから気になっていたが、周りに対する注意力が薄《うす》いのだった。あれでは空戦の際、致命《ちめい》的である。

これじゃあほんとに、偵察《ていさつ》専門部隊になっちゃうかもね……、とつぶやいた。

ここは宿舎の食堂兼休憩室《けんきゅうけいしつ》。昼食のあとの小休止を、智子はとっているところであった。

ハルカとエルマ中尉は、午前中の猛訓練《もうくんれん》で音をあげ、自室でひっくり返っている。

残りの三人は何をしているのかわからない。ほとんど食事の時にしか、顔をあわさない。

このままでは、義勇独立飛行中隊はどうなってしまうんだろう？

いやもう、整備兵の間でも、その呼び名で呼ばれることはない。

〝いらん子中隊〟と、公然と呼ばれるようになっていた。

つまりは完全にナメられているのであった。

そんな風にぼんやりと考えていると……。

自分のやっていることがひどくつまらなく、意味のないものに感じてきて、智子はせつなくなってしまった。

なんだか、自分までが……、落ちこぼれになってしまったように感じる。

扶桑海の巴御前とまで言われたエースの自分が、こんなところで朽《く》ち果てていいものだろうか？

というか、どうして自分がこんな目にあわなくてはならないんだろう。

才能も実績もある自分が、その実力に似合わない場所に追いやられている……。

智子は傍《かたわ》らの新聞を取り上げた。

義勇兵のために置いてある、ブリタニアのタイムズ紙であった。一面には、カールスラントでの戦況《せんきょう》が躍《おど》っている。

二段組で大々的に報じられている記事を見て、智子は目を丸くした。

『東洋からの〝魔女《まじょ》〟、大活躍《だいかつやく》』

先日、カールスラントのミュンヘンに大規模なネウロイの爆撃兵器《ばくげき》編隊が現れた。その規模は大型爆撃兵器百二十機（トゥーパリェフ型他多数）。開戦以来の激戦によって弱体化してしまったカールスラント空軍にかわり、これを邀撃《ようげき》したのはリベリオン合衆国、ブリタニア、そして扶桑皇国からの義勇航空隊であった。中でも扶桑皇国陸軍所属の加藤武子少尉《しょうい》率いる第三中隊の活躍は目覚しく、爆撃兵器二十数機を撃墜《げきつい》、破壊《はかい》せしめた。これは、この日の撃墜戦果の六十パーセントに当たる。加藤少尉は個人撃墜でも四機を数えた（この日の個人撃墜数で一位）。カールスラントはこの功績をたたえ、加藤少尉への鉄十字賞の授与《じゅよ》を決定した。


智子はがっくりと肩《かた》を落とした。友人の活躍が喜ばしくもあったが、己《おのれ》の境遇《きょうぐう》と引き比べ、そのあまりのまばゆさに目がくらむ思いであった。

なんだか急にやる気が逃《に》げていく。

なんだかもう、何もする気になれない。

午後からは非番である。訓練を行おうと思っていたが、やるだけ無駄《むだ》というものであろう。

ふらふらと、智子は立ち上がると、宿舎になっている倉庫の外に出た。

カウハバ空軍基地の近くには、車で三十分ほどいった先に、スラッセンという街があった。人口二千人ほどの小さな町である。智子は基地付きの衛兵に頼《たの》み、車を一台用意してもらった。除雪された道はぬかるんで走りにくかったが、言われたとおりの道をまっすぐにいくと、スラッセンについた。

一月後《ひとつきご》にクリスマスを控《ひか》えた小都市は、ネウロイの侵攻《しんこう》におびえる国境付近の街にもかかわらず、人々の顔が明るかった。

車を降りた智子に気づくと、東洋人が珍《めずら》しいのか、人々は立ち止まって智子を見つめる。好《こう》奇心《きしん》の旺盛《おうせい》な子供たちが寄ってきて、智子に二言三言話しかける。

なにやら一生懸命《けんめい》にしゃべっているが、スオムス語のわからない智子は、子供たちが何を言っているのか理解できない。

「ごめんね……、わたし、あなたたちの国の言葉がわからないのよ。えっと、ヒュー、ヒュー《こん》ヴェー《に》パイ《ち》ヴェ《は》」

覚えたてのスオムス語でそう言うと、子供たちはにこっと笑った。

「ヒューヴェーパイヴェ！」

それから再び、子供たちはスオムス語でまくし立て始めた。智子が困っていると、一人の老人が話し掛《か》けてきた。

「外国の方ですかな」

ブリタニア語であった。

ええ、と頷《うなず》くと、老人は子供たちの言葉を訳してくれた。

「あなたはウィッチ《魔女》か？ って聞いているんです」

「え？ どうしてわかったんでしょう」と智子は驚《おど》いた顔になった。

「車がカウハバ空軍基地のナンバーだし、あなたは外国人で、しかも若くて綺麗《きれい》な娘《むすめ》さんだ。ネウロイをやっつけにきてくれた機械化航空歩兵《魔女》なんじゃないか？ って子供でもわかりますわい」

「なるほど。でも、ブリタニア語がお上手ですね」

「大学の教授をやっておりましてな。引退しましたが……」

子供たちは、智子の腕《うで》を引っ張った。

「え？ ええ？ どこに連れて行くの？」

「自分たちのうちにこないか？ と誘《さそ》ってるんですよ」

「あなたたちのおうち、どこなの？」

と尋《たず》ねると、言葉はわからなくても身振《みぶ》りで理解したのか、一番年長の子供が、街の一角を指差した。

煉瓦《れんが》造りの、見事なビルである。

「へぇ、大きいのね。立派なおうちに住んでるじゃないの。みんなそこのおうちの子なの？」

と尋ねると、老人が智子に教えてくれた。

「おうちというか……、あそこは孤児院《こじいん》なんです」

「孤児院？」

智子はちょっと驚いた。

「ええ……。この子たちは、親が死んだり、育てられなくなって、行き場をなくした子供たちなんです」

智子が、いきなり行ったら迷惑《めいわく》だから、と遠慮《えんりょ》していると、老人が子供たちに諭《さと》してくれた。子供たちは、ちょっと寂《さび》しそうな顔になったが、すぐに笑顔《えがお》になって、智子に何か言った。

「がんばってネウロイをやっつけてね、だそうです」

智子はちょっと考えこんだあと、笑顔を浮《う》かべて頷いた。すると子供たちは、笑顔で走り去っていく。智子はしばらく手を振《ふ》りつづけた。子供たちが孤児院の玄関《げんかん》に消えた後、ため息をつく。さっきの子供たちの言葉が重い。

『がんばってネウロイをやっつけてね』かぁ……。

自分ががんばれる舞台《ぶたい》は訪《おとず》れるんだろうか……。

智子は、老人に尋ねた。

「この辺に、酒場はありますか？」

老人は、向かいの一軒《いっけん》を指差した。樽《たる》のかたちをした看板が下がった、酒場らしき建物が見えた。やるせない気持ちを慰《なぐさ》めに、智子は酒を飲みに来たのであった。

ぎぃー、ときしむ扉《とびら》を開いて中に入ると、昼間だというのに中は薄暗《うすぐら》かった。それでも、怪《あや》しい雰囲気《ふんいき》ではない。昼間は料理やコーヒーを出す店らしく、テーブルは半分ほど埋《う》まっていた。やはり東洋人は目立つのか、店内の注目が一斉《いっせい》に智子に向いた。

あまり気にした風もなく、智子はカウンターに座り、身振りで酒を注文した。注目を浴びるのは、母国にいたころから慣れている。

ワインを注文したつもりであったが、運ばれてきたのは透明《とうめい》な酒であった。一口含《ふく》んで、あまりの強さに吐《は》き出しそうになる。初老のバーテンを睨《にら》むと、コッス、コッス、とにこやかに微笑《ほほえ》む。どうやらそれがこの酒の名前らしい。

とにかくその酒を口に放《ほう》り込む。喉《のど》を熱い何かが下っていき、胃の中がぽっと火をともされたように熱くなる。なるほど、寒さを忘れさせてくれるお酒だ。雪国ではこういう強いお酒が暖房代《だんぼう》わりなんだろう。

わたしの心をもあっためてよね、と思うのだが、なかなか温まらない。

そして何より……、武子の戦果を喜べない自分が許せない。

親友の成功をねたむなんて……、と智子は自己嫌悪《けんお》に陥《おちい》った。

気づくと、相当量を流し込んでいた。

何杯目《なんばい》かわからない「おかわり」と言ったら、バーテンは首をふった。酒のビンを持ち上げ、飲む仕草をして、バッテンのマークを作った。要するに飲みすぎ、ということらしい。

何気なく店の奥に目をやると、そこに見慣れた三人組が座っているのに気づいた。店の喧騒《けんそう》と、薄暗い店内のおかげで、今まで気づいてなかった。どうやら向こうも、智子がカウンターに座っていることに気づいていないようであった。

智子は立ち上がると、その席へと向かう。

「いやぁ、楽しいね！　こうやって飲んでいると、ついついネウロイと戦争中だってことを忘れてしまいますねー！」

とすっかりできあがったキャサリンが、智子に背を向けてわめいている。その向かいでは、ウルスラが本を読んでいた。その隣《となり》に、ビューリングがいつもの厭世《えんせい》的な表情を浮かべ、小さなグラスで酒を飲んでいる。

「最近、基地で姿を見かけないと思ったら、こんなとこにいたのね」

と智子が、冷たい声で言ったら、全員が一斉に振り向いた。

「OH、トモコ！ いっしょに飲みましょう！」

キャサリンがまったく屈託《くったく》ない声で誘《さそ》う。

どっか、と、一つだけあいている椅子《いす》に、智子は腰掛《こしか》けた。

キャサリンが、智子が握《にぎ》ったコップに、ワインをついだ。智子はキャサリンが握ったワインの壜《びん》をつかむと、一気に飲み干す。

「OH」

智子は空になったワインの壜をテーブルに勢いよく叩《たた》きつける。それから、とろんとした目で、一同を見渡《みわた》す。

「あなたたち、自分の能力に唾《つば》はいてるのよ。わかってるの？」

「どういう意味だ？」

ビューリングはそこで初めて、智子に視線を向けて言った。

「わたしたちは、選ばれた〝魔女《ウィッチ》〟なのよ？ あなたたちには、責任感ってものがないのね。なにせ、こうやって訓練や任務をほったらかして、昼間っから酔《よ》っ払《ぱら》って平気でいるんだか

ら！」と、智子は今現在の己《おのれ》を棚《たな》にあげて言い放つ。

するとビューリングはぐいっと、グラスの酒をあおった。しかる後に口を開く。

「責任感、なんていわれても困る。別に、わたしは望んで〝魔女〟になったわけじゃない。お前には魔力があるからって言われて、勝手に機械化航空歩兵《魔女》にされただけだ。有無《うむ》を言わさずにな。誰《だれ》もが〝機械化航空歩兵〟に憧《あこが》れているわけじゃない。ピカデリーの女優なんかにゃなりたくない少女だっているんだ。つまりだな、勝手に人を〝機械化航空歩兵〟に仕立てあげたんだ。だからせいぜい、こっちも勝手にやらせてもらう。そういうことだ」

珍《めずら》しく、キャサリンはため息をついた。

「ミーはずっと憧れてたね！　でも、才能ないのかもね……。魔力があるからって、うまく装備を扱《あつか》えるわけじゃないね。機械化航空歩兵になるためには、魔力が不可欠だけど、魔力を持ってる者全員が、空中機動の才能があるとは限らないね」

と、キャサリンが、ちょっとしんみりした声で言った。

「一生懸命《けんめい》にやっても、誰かに迷惑《めいわく》かけるなら……、いっそのこと何もしないほうがマシねー」

ずっと黙《だま》ってたウルスラが、テーブルの上に本を置いた。

「もうちょっと小さい声でお願い。気が散る」

智子は、ふぅ、とため息をついた。

「わかったわ。もうあなたたちには何も期待しない」

そして、立ち上がると、酒場を出て行った。

後に残されたビューリングたちは、顔を見合わせた。キャサリンが自嘲《じちょう》気味につぶやく。

『期待しない』かー。いっつもおんなじこと言われるねー」

「そうだな」とビューリング。

「わたしたち、どこに行ってもいらん子ねー」

「そうですね」

ウルスラも本から顔をあげ、頷《うなず》いた。

キャサリンは、しばらく皆《みな》の顔を見回していたが……、何かに気づいたような声をあげた。

「おやおや、もしかしてユーたち、さっきのトモコの言葉、堪《こた》えてるね？」

ウルスラも、ビューリングも無言だった。キャサリンは、目の前のグラスを取り上げると、一口含《ふく》んだ。

「ほんとは、ミーは少し変わろうと思ってここにきたね。でも、やっぱりダメね。訓練に参加しただけで、みんなの足を引っ張っちゃうね。ここでもいらん子ねー」

ビューリングは、吐《は》き捨てるようにつぶやいた。

「ふん。わたしのような人間の居場所など、どこにもあるもんか。ここもそうだった、それだけの話だ」

「でも……、どっかでやっぱり居場所を探してるのかもしれないねー。だからスオムスに転属が決まったときも、ちょっぴり期待してたね。ここならうまくやれるかもしれないって。でも、なかなか人間変われないね」

ビューリングは黙ってしまった。口にはしないが、キャサリンと同じ気持ちだったのかもしれない。

「ねえウルスラ。ユーもそう思っていたか？」

ウルスラは答えない。ただ、寂《さび》しそうにうつむいて、唇《くちびる》を噛《か》んだ。

そのときである。

優雅《ゆうが》に店内にクラシックを流していたラジオのスオムス国営放送が切り替《か》わった。しばらくの雑音のあと、妙《みょう》に上ずったアナウンサーの声が、スピーカーから響《ひび》いた。

スオムス国民の皆さまに申し上げます。スオムス国民の皆さまに申し上げます。

その尋常《じんじょう》ではない調子に、店内がざわついた。

〝ネウロイ〟の編隊が国境を越《こ》えて進撃《しんげき》中。繰《く》り返します。〝ネウロイ〟の編隊が国境を越えて進撃中。国境付近の各都市に、空襲《くうしゅう》警報が発令されました。国民の皆さまは、軍の指示に従い落ち着いて避難《ひなん》してください。これは訓練ではありません。繰り返します。これは訓練ではありません。

店内はすでにパニックである。慌《あわ》てふためき、外に飛び出そうとするもの、テーブルの下にもぐりこむもの、泣き出すもの、人々の反応はさまざまだった。

キャサリンたちは、ラジオの内容はわからないが、単語の一つは理解できた。

『ネウロイ』

立ち上がると同時に、外から爆発音《ばくはつおん》が聞こえてきた。咄嗟《とっさ》に三人は床《ゆか》に伏《ふ》せる。

爆発音は断続的に数発響き……、唐突《とうとつ》にやんだ。

顔を見合わせ、三人は酒場を飛び出していく。

外には凄惨《せいさん》な光景が広がっていた。

ネウロイの爆撃《ばくげき》兵器が、爆弾《ばくだん》を投下していったのだ。消防車のサイレンが近づいてくる。建物のいくつかが、爆弾によって破壊《はかい》されていた。

幸いなことに、今の敵はたいした数ではなかったらしい。爆弾の数を鑑《かんが》みるに、おそらく中型爆撃兵器が数機、といったところであろう。

しかしそれでも……、平和な街に残酷《ざんこく》な爪《つめ》あとを残すのには十分であった。爆弾の破片《はへん》で傷ついた人たちが、あちこちに倒《たお》れている。さきほどまでは平和な顔で街を歩いていた人々が、そんな不幸な人たちに取り付き、一生懸命《けんめい》に介抱《かいほう》していた。

子供たちが、崩《くず》れた建物の周りで泣いていた。

「どうしたねー？　大丈夫《だいじょうぶ》？　怪我《けが》しなかったねー？」

キャサリンが近づく。子供たちは何事か訴《うった》えるが、言葉のわからないキャサリンは、首をひねった。

スオムス語がわかるウルスラが、子供たちの話を聞いた。

「ここは、この子たちの孤児院《こじいん》だったそうです」

爆弾によって半壊《はんかい》した建物を見あげ、それからキャサリンは泣きじゃくる子供たちを見つめた。

「……孤児院だったのか」

とビューリングが珍《めずら》しく、感情のこもった声でつぶやいた。

「……この子たちのおうち、なくなっちゃったね。どこにも居場所がなくって、ここにやってきたのに……。結局居場所、なくなっちゃったね」

　ぽつりと、ビューリングがつぶやく。

「戦う理由か」

　キャサリンも頷《うなず》いた。

「そうね。居場所がないのは、ミーたちだけで、十分ねー」


　水で顔を洗って酔《よ》いを覚ましたあと、智子は車に乗って、カウハバ空軍基地へ通じる道を走っていた。

　しばらくすると街から爆発音が聞こえてくる。

　何事？　とラジオをつけたら、繰り返しアナウンサーが叫《さけ》んでいた。スオムス語はわからないが、その放送に忌《い》まわしい単語が混じる。

『ネウロイ』

　ついに来たのだ。やつらが……。

「こんなときに！」

　そう叫んでアクセルを踏《ふ》んだ瞬間《しゅんかん》、前方に黒い小さな点が見えた。あっという間にその大きさは膨《ふく》れ上がる。

瞬間、智子はハンドルを切った。智子の車があった場所の泥《どろ》が跳《は》ね上がる。

機銃掃射《きじゅうそうしゃ》だ！

ついで、びゅん！　と智子の隣《となり》を黒い影《かげ》が通り過ぎていく。

太い胴体《どうたい》から伸《の》びた、小さな翼《つばさ》。機首には、ストライカーと同じようなプロペラがついている。

寸胴《ずんどう》な、ハエを思わせるかたちの戦闘兵器・ネウロイ……。扶桑海で戦った、ラロスのシルエットである。

くっ！

智子は唇《くちびる》をかみ締《し》めた。

よりによって、自分が基地を出払《ではら》っている隙《すき》に、敵の侵攻《しんこう》が始まるなんて！

地面の〝機械化航空歩兵《魔女》〟は無力だ。

早く基地に帰って、邀撃《ようげき》にあがらないと！

バックミラーに、さきほどのラロスがうつる。

反転して、再び攻撃《こうげき》しようというのだろう。

智子はアクセルを踏み込んだが、速度は五倍ほども違《ちが》う。あっという間に追いつかれる。

バックミラーの中、ラロスの翼が光る。智子は咄嗟に身をかがめた。

ガラスが割れる音が響《ひび》き、車内を破片が駆《か》け巡《めぐ》る。

頭をあげると、リアだけじゃなく、フロントガラスもこなごなに砕《くだ》けていた。幸いにも、身体《からだ》に弾《たま》は食《く》らっていないが……。

前方に、ラロスが旋回《せんかい》するのが見えた。執拗《しつよう》に攻撃を繰《く》り返すつもりらしい。智子は歯噛《はが》みした。こんなところで死にたくない。まだ、ここで何もしていないじゃないか。

ラロスがこちらに機首を向けた瞬間……、ボッ！　と翼が燃え上がった。

そのまま横転する。

上から、小さな点が急降下してくるのが見えた。

機械化航空歩兵だ。

誰《だれ》だろう？

エルマ中尉《ちゅうい》か、ハルカだろうか？

しかし、遠めに見えるシルエットは、そのいずれとも違う。おそらくは、第一中隊の連中だろう。

智子は助かった嬉《うれ》しさよりも、悔《くや》しさが先に立った。

ミカ・アホネン大尉の小憎《こにく》らしい顔が、脳裏《のうり》によぎる。

あんなやつらに助けられるなんて……！

やっとのことでカウハバ空軍基地にたどり着くと……、そこは惨状《さんじよう》を呈《てい》していた。

ネウロイの奇襲《きしゆう》は巧《たく》みだった。建物は壊《こわ》れ、いたるところから火の手があがっている。

機体を置いてある格納庫に飛び込むと、そこにはエルマ中尉とハルカが震《ふる》えながら、抱《だ》きあっていた。

「何をしてるの！」

と智子は怒鳴《どな》り、整備兵を呼んだ。

「わたしのキ27を出して！　早く！」

整備兵たちが駆け寄ってきて、智子にキ27を装着する。アイドリングもそこそこに滑走《かっそう》を開始、ふわりと空に飛び上がる。

耳につけた受話器から基地司令部のハッキネン大尉の声が聞こえてきた。

「こちら〝雪女〟。こちら〝雪女〟。〝魔女〟全機帰投せよ」

何を言うのだろう。まだ自分は全然戦っていない！

「〝雪女〟。敵の位置を知らせてください！」

智子は繰り返し喉頭《こうとう》式マイクに怒鳴った。

「穴拭少尉。緊急《きんきゆう》時以外の無線発信は、中隊長以上にしか認められていない」

「緊急時じゃないですか！　敵はどこに……」

ハッキネン大尉の雪のように冷たい声が、響いた。

「敵はもう引き上げました。本日の戦闘は終了《しゅうりょう》です」

その夜……。

宿舎の食堂兼休憩室《けんきゅうけいしつ》……。

義勇独立飛行中隊の面々が、そこに集まって、ただぼんやりと天井《てんじょう》などを眺《なが》めていた。基地を攻撃したネウロイは戦闘兵器のみだったのが、不幸中の幸いだった。機銃で穴だらけにされ、基地内の施設《しせつ》用の燃料タンクがやられたが、ほとんど戦力は喪失《そうしつ》していない。

しかし……、奇襲で受けたショックは、かなり大きなものであった。

第一中隊の奮戦により、基地付近のネウロイは撃退《げきたい》できたが……。

近くの街、スラッセンに対する爆撃《ばくげき》を阻止《そし》できなかったことで、市民の苦情が殺到《さっとう》したのである。

智子は、悔しそうに座ったまま、口を開かない。

ハルカはその横に座って、恥《は》ずかしそうにもじもじしている。

ネウロイが攻《せ》めてきたとき……。怖《こわ》くて動けなかった。

何か言おうとしたが、刺々《とげとげ》しい雰囲気《ふんいき》の智子に阻《はば》まれ、声をかけることができなかった。

そこに、司令部に出頭していたエルマ中尉が戻《もど》ってきた。

「明日から、第一級警戒《けいかい》配備になるそうです。そして、わたしたちは、第一中隊のサポートを命じられました。彼女たちのバックアップです。完全に添《そ》え物扱《ものあつか》いですね……」

それから智子にぺこりと頭を下げた。

「穴拭少尉……、今日はごめんなさい。わたしがふがいないばっかりに……」

そんなエルマ中尉の肩《かた》を、キャサリンが叩《たた》いた。

「エルマ中尉だけじゃないね……。わたしたちも、ダメすぎたね。今日、街で住むところを失ってしまった子供たちを見たね。あんな子たちをこれ以上増やすわけにはいかないね。だからミーもがんばるよ。そうね、ウルスラ、ビューリング少尉」

ビューリングは、ああ、とつぶやいた。ウルスラも、決心したように頷《うなず》く。

「そんなわけで、トモコ、よろしくお願いするね」

エルマ中尉も、智子の手を握《にぎ》った。

「訓練だけでなく、空中戦闘の指揮もお願いします……。やっぱり、実戦経験のないわたしじゃ、指揮は務まりません。今日だって、震えて見てただけだし……」

智子は立ち上がった。

「おお！」

と全員が色めきたった。

「わかったわ。指揮をとる」

「これで百人力ね！」とキャサリンが飛びつく。ハルカもほっとして胸をなでおろした。ビューリングは、ちらっと智子を見つめ、笑《え》みを浮《う》かべた。ウルスラも読んでいた本のページを閉じた。

「そうと決まったら、前祝いね！　明日っから、がんばるねー！」

盛り上がる面々に、智子は冷たい声で告げた。

「じゃあ命令をくだすわ」

「へ？　命令？」

全員が智子を見つめた。

「何もしないで。わたしの邪魔《じゃま》をしないで」

「どど、どういうことね！」

「言葉どおりの意味だわ。この二週間というもの、あなたたちの行動を見ていて、やっとわかったの。あなたたちは、役立たずよ！」

「い、いや、そうかもしんないけど……」

「いいわ。戦争はわたし一人でやるから。あんたたちは見てなさい」

智子は身を翻《ひるがえ》すと、部屋を出て行った。

「なによ！　せっかくやる気出したってのに！」

と、キャサリンがわめいた。

「智子少尉……」

と、ハルカがさりゆく智子の背を見つめ、寂《さび》しそうにつぶやいた。


自室に戻った智子は、寝転《ねころ》がり、天井を見つめた。

「武子……、やっぱり頼《たよ》りになるのは、あなただけね。実力のない連中と、組むなんて、はなっからできない相談だったのよ」

智子は目をつむった。

「見てて武子。わたしをここに送り込んだ連中の鼻を明かしてやるから。わたし一人の力でやってやる。あなたがカールスラントであげたのに負けないぐらいの戦果をあげてやるわ」

所詮《しょせん》、人間は一人きり。死ぬも生きるも一人きりだ。

だったら一人で勝負を挑《いど》んでやる、と智子は決心した。

# 第六章 CHAPTER 6

# 撃墜王《エース》

STRIKE WITCHES
Shimada Humikane & Projekt Kagonish

翌朝。

朝もやけぶる、冷たい朝……。

智子は格納庫に置かれた椅子《いす》に座り、目をつむって精神の統一をはかっていた。その足には、すでに機体が装着されている。

キ27……。扶桑海事変からの、智子の愛機。

すでに魔道《まどう》エンジンには、火が入り、暖気が完了《かんりょう》している。巫女服《飛行服》に身を包み、折りたたみの椅子に腰掛《こしか》け、軍刀を構えたその姿は……。

「トモコ、まさにサムライねー」

と、少し離《はな》れたところで、同じように椅子に腰掛けて出撃《しゅつげき》を待つキャサリンがつぶやく。そばには、エルマ中尉《ちゅうい》やハルカ、ビューリング、ウルスラの姿も見えた。

中世扶桑の、まさに剣豪《けんごう》を思わせるような殺気を、智子はあたりに振《ふ》りまいている。触《ふ》れただけで切れてしまいそうな、そんな殺気であった。

「穴拭少尉の昨日の言葉、ほんとなんでしょうか？」

エルマ中尉が、寂しそうな声でつぶやく。

「たぶん……、少尉は口にしたことは、曲げない人ですから……」

とハルカが答えた。

自分ひとりで戦う、と言った智子の言葉は、ほんとうだろう。それが寂しい。ハルカは、じっとポケットの中のものを握《にぎ》り締《し》めた。

それを使えば……、多少は智子の役に立てるかもしれない。

でも……、とハルカは首を振った。

これを使用した自分の姿は見せられない。

憧《あこが》れの人……、そして、惹《ひ》かれつつある人には見せられない。

あの夜の快楽。続きが見たい。でも、これを使用した自分の姿を見たら、智子は離れていってしまうように感じた。だって、醜《みにく》いもの……、とつぶやく。

こんなものなくたって、と小さくつぶやき、ハルカは前を見た。

「どうしたね？　ハルカ」

と隣《となり》に座ったキャサリンが、心配そうに覗《のぞ》き込む。

「な、なんでもありません！」

ハルカがそう言って頬《ほお》を染めた瞬間《しゅんかん》……、智子の肩《かた》が、わずかにぴくりと動いた。

サイレンが鳴り響《ひび》く。

天井《てんじょう》に取り付けられたスピーカーから、スオムス語と、ブリタニア語の放送が流れてきた。

「空襲《くうしゅう》警報発令。空襲警報発令。ネウロイ戦爆《せんばく》連合六十余機が当基地へ向かって進撃中。戦闘《せんとう》機隊はこれを迎撃《げいげき》せよ」

智子はいち早く飛び出していった。

キャサリンも、ビューリングも、ウルスラも立ち上がる。エルマ中尉は己《おのれ》の顔をぱしーん！と叩《たた》くと、駆《か》け出していく。

ハルカも飛び出し、飛行場に出ると、栄一一型魔道発動機を全開にして、宙に浮《う》いた。

戦場の空が、眼前に広がっている。

いつも飛ぶ空と、見た目はどこも変わらないのに、どこか違《ちが》って見えた。

智子は飛行場に一番に飛び出した。

すぐに全開、空の人となる。

キ27は、旧式ながらも軽《かろ》やかに智子を上昇《じょうしょう》させる。ちらっと下を見ると、ミカ・アホネン大尉が率いる第一中隊が、離陸《りりく》を開始しているところであった。名前はアホだが、なかなかに統率《とうそつ》された動きである。昨日、自分を救ってくれたのは伊達《だて》じゃないんだろう。

そしてさすがはカールスラントが誇《ほこ》るメルス、力強く、ぐんぐんと上昇してきた。

あっという間に智子のキ27に並び、どんどん追い越《こ》していく。エンジンパワーが段違いである。

「お先に失礼」

ミカ・アホネン大尉の声が、受話器から響く。

智子は軽くバンクを振って、それに応《こた》える。

ついでハッキネン大尉の声が聞こえてきた。

「敵編隊は、地点A―4より、高度四千で進撃中。接触《せっしょく》予定は全速で六分後」

智子は、ミカ・アホネン大尉率いる第一中隊の後ろからついていくかたちで、飛行を続けた。

そのころになると、やっとのことでエルマやキャサリンたちが追いついてくる。

しかし、智子に遠慮《えんりょ》してか、一定の距離《きょり》を保ったままだ。

智子はそれを背景の一部として捉《とら》え、頭の中から追い出した。

来るべき敵に集中する。

腕時計《うでどけい》と一体化した高度計を見つめる。現在、四千メートル。敵と同高度で、飛行を続けて五分後……、遠くに点が見えた。

一つ、二つ、三つ……。

〝ネウロイ《敵編隊》〟だ。

ぽつぽつと、点は増えていく。

第一中隊が、高度を上げるのが見えた。死角……、上からかぶって襲《おそ》い掛《か》かり、まずは敵をバラバラにしようというのだろう。数で勝《まさ》る敵を相手にするには、最善の方法と言えた。

しかし智子は、臆《おく》せずに正面から近づいた。装備したキ27の速度と急降下性能では、メルスのような一撃離脱《りだつ》戦法は行えない。

智子と、キ27にはそれにあった戦い方というものがあった。

ぐんぐんと智子は距離を縮めていく。

心がはやる。

近づくにつれ、敵編隊の概要《がいよう》がつかめてきた。

機械化航空歩兵《魔女》に比べると、ずいぶんと無骨なその姿。同じく空を飛びながら、まったく両者の姿形は違《ちが》う。

ずんぐりとした小さな点は、先日智子の運転する車に機銃掃射《きじゆうそうしゃ》をしかけてきたラロスだ。その数は三十機ほど。

その下に見える細長い機体は……、中型の爆撃《ばくげき》兵器ケファラス。スラッセンを爆撃したのは、この機体であろう。数はやはり、三十機ほど。合わせて六十余機。報告は間違っていない。

それに対し、わが方は第一中隊の十二機と、義勇独立飛行中隊の六機。合わせて十八機だ。不利だが……、手が出ない数ではない。

智子は第一中隊の機動に集中した。巧《たく》みに雲を使い、上空に躍《おど》り出た彼女たちが、敵編隊に急降下して突撃《とつげき》していくのが見えた。

「やるじゃない」つぶやく。

ネウロイの戦爆連合と、第一中隊が交差した。

ボッ！ボボッ！と、上からかぶられた敵編隊の何機かが、メルスの装備した二十ミリ機《き》関砲《かんほう》を食《く》らい、火を噴《ふ》いて落ちていく。

そのほとんどがケファラス爆撃兵器である。

第一中隊は、護衛のラロスには目もくれず、ケファラスを狙《ねら》う腹積もりのようだ。それは戦術的に、まったく正しい。

奇襲《きしゆう》によって混乱した敵編隊めがけて、智子は単機、突撃を開始した。

メルスの編隊を追いかけている、ラロスの一編隊四機の後ろに、智子は食らいついた。ここのネウロイは、動きが単純だ。後ろについた智子に気づかず、メルスを追いかけている。

「速度差があるのに……、追いつけるわけないじゃない」

智子は背中に背負った七・七ミリ機銃を構えた。レバーを動かし、薬室に初弾《しょだん》を装てんする。

敵は無理な機動を繰《く》り返したおかげで、速度が落ちていた。

智子はすばやく一機を照準に捉え、トリガーを引いた。

タタタタンッ！　と軽い余韻《よいん》を肩《かた》に残し、七・七ミリ機銃がラロスの水平尾翼《びよく》に吸い込まれていく。水平尾翼の昇降舵《しょうこうだ》が吹き飛び、そのラロスはがくりと首を下げ、ゆっくりと落ちていった。七・七ミリは威力《いりょく》が弱いが、弱点を狙って吹き飛ばす分には問題ない。

キ27は智子の手足のように反応し、次の敵へと智子の上半身を向けさせた。

のっそりと、動くラロスのエンジンにねらいをつける。

一連射。

ラロスの機首部分から破片《はへん》が飛ぶ。煙《けむり》を噴出《ふんしゅつ》し、そのラロスは脱落《だつらく》していく。

残りの三機は、やっとのことで回避《かいひ》機動を開始した。

しかし、食いついたキ27から逃《のが》れることのできる飛行物体は存在しない。

智子は残りの二機を、ほぼ同時に血祭りにあげた。

メルス編隊が再び高度をあげているのが見えた。

智子のおかげで、ゆっくり上昇《じょうしょう》する機会が得られたのだった。

そして再び、直進するケファラスに一撃をかけようというのだろう。

智子は無線に向かってがなった。

「アホネン大尉《たいい》！　ラロスは気にしないで大丈夫《だいじょうぶ》よ！」

「あ、ありがとう」アホネン大尉のちょっと戸惑《とまど》った声が聞こえてくる。

「これで昨日の借りはチャラね」

そうつぶやいて後ろを見ると、新たに六機のラロスが向かってくる。

突然《とつぜん》現れた智子に四機を撃墜《げきつい》され、ラロスはメルスより、こちらを脅威《きょうい》と感じたらしい。

「光栄ね」

薄《うす》く笑《え》みを浮《う》かべて、智子は降下を始めた。第一中隊から、一機でも多くのラロスを引き離《はな》そうと考えたのだ。

そのときになって、エルマ中尉からの無線が入った。

「穴拭少尉！　大丈夫ですか！　わぁわぁ、六機に追いかけられていますよー！」

ハルカの声も響《ひび》いた。

「い、今行きますからね！　待っててください！」

智子は怒鳴《どな》った。

「こないで！　平気だから！　いいから、残ったラロスを適当にひきつけておいて！　手は出さなくていいわ！」

「そ、そんな……」

智子は六機を後ろにつけたまま、強引《ごういん》に横旋回《せんかい》を開始した。智子のその機動に追いつこうとして、六機は連なったまま無理に旋回する。

結果、六機のラロスは大幅《おおはば》に速度を落とし、ふらふらと失速寸前に陥《おちい》った。

智子はその背後に、ツバメのように回りこむ。

機銃でエンジンなどの弱点を打ち抜《ぬ》き、次々に叩《たた》き落とす。

水平格闘戦《かくとうせん》……、キ27の本領がこれでもかと発揮された瞬間《しゅんかん》であった。

三機を落とした時点で機銃の弾《たま》が切れた。機銃を背負うと、智子はすらりと軍刀を引き抜いた。備前長船《びぜんおさふね》が、智子の魔力《まりょく》を受けて青白く輝《かがや》く。

まるで巻藁《まきわら》を試《ため》し切りでもするかのような気安さで、残る三機の翼《つばさ》を智子は斬《き》り裂《さ》いた。

くるくるとコマのように回転しながら、ラロスが落ちていく。

第一中隊の方に顔を向けると、ケファラス編隊に取り付いて次々に攻撃《こうげき》を仕掛《しか》けているのが見えた。智子がラロスの数を減らしたので、楽に攻撃できるようになったのだろう。戦闘《せんとう》兵器の掩護《えんご》を受けない爆撃《ばくげき》兵器は、ただの的にちかい。

ボッ、ボッ！　と火を吐《は》き出し、ケファラスは次々に落ちていく。

残ったケファラスの腹から、ぽろぽろと何かが落ちていくのが見えた。爆弾《ばくだん》である。

こんなところに落としても、下は雪深い森である。

爆弾を落とすとケファラスは旋回を始めた。

ハッキネン大尉の声が、耳に響く。

「機械化航空歩兵部隊の皆《みな》さん、ご苦労さま。敵は爆撃を断念しました。迎撃《げいげき》は成功です」

智子はカウハバ空軍基地の上空で十回宙返りしてみせた。

〝十機撃墜〟のサインである。

下には整備兵や、基地防衛隊の兵隊が集まって、歓声《かんせい》をあげているのが見えた。先に帰投した第一中隊の面々の姿も見えた。

智子は割れんばかりの拍手《はくしゅ》で迎《むか》え入れられた。

「ネウロイのやつ、尻尾《しっぽ》を巻いて逃《に》げ出しましたね！」

「ワンソーティで、十機撃墜なんてすごいや！」

「ダブルエースが、カウハバに誕生だ！」

智子は手を振《ふ》って、歓声に応《こた》えた。そこに第一中隊の、ミカ・アホネン大尉が近寄ってきて、智子を抱《だ》きしめた。

「あなたを、落ちこぼれなんて言って悪かったわ。おかげで爆撃兵器攻撃に専念できた。感謝するわ」

智子は誇《ほこ》らしげに、頷《うなず》くのであった。

そんな様子を、遠巻きに見つめている集団があった。なんら戦果に寄与《きよ》しなかった、エルマ中尉やハルカたちである。彼女たちは、基地の皆に取り巻かれている智子を、ぼんやりと見つめていた。

「手を出すなって言われたから、見てただけだったけど、それでよかったのかねー」とキャサリンが寂《さび》しそうに言った。

「どうなんでしょうかね」

とハルカが答えた。

ビューリングはぽりぽりと、頬《ほお》をかいていた。

エルマ中尉は、おろおろといったりきたりを繰《く》り返しはじめた。

「エルマ中尉、どうしたね？」

「いや……、穴拭少尉におめでとうと言いたいんですけど、今行ったら邪魔《じゃま》かなーって……」

「中尉はほんと、いい人ね」とキャサリンがつぶやいた。

ネウロイは攻撃目標を、強力な機械化航空歩兵部隊が控《ひか》えた、カウハバ空軍基地に狙《ねら》いを定めたようで、二、三日置きに空襲《くうしゅう》が繰り返された。

初日ほどの機数は現れず、四十機ほどに減った戦爆連合がその主力であった。

そのたびに、カウハバ空軍基地の乙女《おとめ》たちは迎撃にあがり、これを撃退《げきたい》した。

その中でも、智子の戦果は目覚しく、全撃墜《げきつい》数の四割を数えることとなった。

しかし、撃墜記録を伸《の》ばせば伸ばすほど……、義勇独立飛行中隊の面々とは溝《みぞ》を深めることになった。

智子は、義勇独立飛行中隊の面々が戦闘に参入しようとすると、激しく拒《こば》みつづけたのである。めったにないが、智子が敵に後ろを取られたときでさえ、「助けなどいらない。わたしなら大丈夫《だいじょうぶ》。邪魔しないで」と言い続けた。

その言葉のとおり、智子は敵弾《てきだん》を浴びることはなかったが……、せっかく助けようとしてるのに……、という冷たい視線を浴びることになった。

智子と他《ほか》の隊員は、もう宿舎ですれ違《ちが》っても、挨拶《あいさつ》さえ交《か》わさぬようになっていった。

初攻撃から二週間後……、十二月も半ばである。朝からの吹雪《ふぶき》で、本日はネウロイの爆撃もないと予想されていた。

久々の休日である。

第一中隊も、義勇独立飛行中隊も共に警戒《けいかい》解除となり、連続の空戦で疲《つか》れた身体《からだ》を癒《いや》すことになった。

そんな智子がやってきたのは……、サウナ風呂《ぶろ》である。

宿舎の隣《となり》にしつらえられた、煉瓦《れんが》造りのサウナ風呂は、基地に勤務する者たちにとって一番の楽しみであった。

熱く焼かれた石が敷《し》き詰《つ》められた隣に板をしき、そこに座って汗《あせ》をかき、後で水で流すのだ。このようなサウナ風呂が、ここ北欧では一般《いっぱん》的らしい。

智子はタオル一枚を膝《ひざ》の上に置いて、板の上に腰《こし》掛けくつろいでいた。滑《なめ》らかな肌《はだ》に、汗の玉がうき、滑《すべ》り落ちる。黒い髪《かみ》はしっとりと濡《ぬ》れて智子の肢体《したい》にまとう。肌の白と髪の黒が鮮《あざ》やかで、まるでよくできた絵画のようであった。

扉《とびら》が開く音がした。

振り向くと、タオルを巻いたハルカが立って、恥《は》ずかしそうにもじもじしている。

「あの……、ごいっしょしていいですか？」

と尋《たず》ねられ、智子は頷いた。

「いいも悪いもないじゃない。入ってきなさいな」

とととと、とハルカは小走りで、智子の隣にちょこんと腰掛けた。

それから横目で智子の肢体を見つめ、頬を染めて俯《うつむ》く。

「どうしたの？」

「あ、あのっ！　撃墜四十機達成、おめでとうございますっ！」

ありがとう、と智子はつぶやいた。

「今回の対ネウロイ戦争で、四十機以上撃墜している機械化航空歩兵は、まだ五人ほどしかいないって、聞きました。少尉《しょうい》、ほんとにすごいですね。わたしも、自分のことみたいに嬉《うれ》しいです」

それからハルカは、ちょっと俯いた。

「あの……、穴拭少尉。お願いがあるんです」

「なあに？」

「その……、みんなと仲良くしてくださいませんか？　キャサリン少尉も、ビューリング少尉も、ウルスラ曹長《そうちょう》も……、みんな反省してます。訓練サボって悪かったって。今、みんなで一生懸命《けんめい》に戦技の勉強してるんです。こうやったらうまくいくんじゃないか？　とか……」

「……」

「ウルスラ曹長は、ずっと新装備の研究してたんです。それで、新しい装備を考えついたんですって。火薬ロケットです。大型の目標に対して有効じゃないかって、みんなで言ってます。少尉、できたら、上層部に具申してくださいませんか？」

「……」

智子は答えない。困ったように、ハルカは言葉を続けた。

「わたしたち、一人一人は、少尉ほど強くないけど……、いや、ビューリング少尉は別ですけど。とにかく一人一人は弱くても、力を合わせれば、もっとお役に立てるんじゃないかって。そんな風に考えてるんです。つまり、チームワークです。だからその、できれば穴拭少尉もいっしょに……」

「わたしは一人でいいの」

智子は立ち上がった。

「智子少尉」

「一人の方が、戦いやすいし……。足を引っ張られるのは、こりごりだわ」

「わたしたち、チームじゃないですか！」

ハルカは大声で叫《さけ》んだ。

「仲良しごっこをしにこのスオムスに来たんじゃないわ。戦争しに来たのよ」

智子はそう言い残すと、サウナ風呂を出て行った。

脱衣所《だついじょ》で身体を拭《ふ》いていると、誰《だれ》かが壁際《かべぎわ》に立っている気配がした。

「誰？」

振《ふ》り向くと、ビューリングだった。

「なんの用」

と尋ねると、ビューリングは銀色の髪をかきあげ、いつもの抑揚《よくよう》の薄《うす》い声で、

「ちょっといいか？」と言った。

「話があるんだ」

ビューリングは智子を、格納庫へ連れて行った。そこには、智子たちが装備している機体が並んでいる。

「で、話って？」

そう尋ねても、ビューリングは答えない。

自分の愛機の〝ハリケーン〟を撫《な》でまわしている。

「話がないんなら、行くわよ」

と言ったら、ビューリングは口を開いた。

「わたしはオストマルクにいたんだ」

はぁ？　と智子はきょとんとした。

オストマルクは、カールスラントとネウロイに挟《はさ》まれるように位置していた国だった。

〝だった〟というのは、半年ほど前のネウロイの侵攻《しんこう》で、壊滅《かいめつ》してしまったからだ。今はそこは、ネウロイの瘴気《しょうき》が支配する、不毛の土地と成り果てている。

でも、そこにいた？　どういうこと？

ビューリングは相変わらずの傍若無人《ぼうじゃくぶじん》っぷりを発揮し、智子の疑問顔を気にせず、言葉を続ける。

「ネウロイが攻《せ》めてくるちょっと前にな、わたしの部隊はオストマルクに派遣《はけん》された……。国際ネウロイ監視《かんし》航空団だ。第一次ネウロイ大戦からのルーチンワークだよ。半年の任期が終われば、国に帰れるはずだった」

淡々《たんたん》とビューリング少尉は言葉を続けた。

「そのころ、ライバルみたいなやつがいたんだ。彼女とわたしは、部隊の一、二を争う腕前《うでまえ》でな、よく模擬戦《もぎせん》をやっては、腕を競《きそ》い合った。無茶な女だった。自分の腕に絶大の信頼《しんらい》を置いているのはいいんだが、自分が誰よりも優《すぐ》れている、と思い込んでいてな。そんなやつだったから、こっちも熱くなることもしばしばだった。いっつもケンカになったもんだ。で、そんな時にネウロイ《やつら》は攻めてきた……。決着をつけるときだと思ったな。どっちが優れているか？簡単だ。決まってる。ネウロイ《敵》を多く落としたほうが優秀《ゆうしゅう》だ。わたしたちは連日、競うように出撃《しゅつげき》した。なにしろネウロイは無数に攻めてきたから、敵には困らない。負け戦《いくさ》で、後退に次ぐ後退だったが、わたしたちは戦意旺盛《おうせい》だった」

「…………」

「お互《たが》い、随分《ずいぶん》無茶をした。撃墜《げきつい》数はほぼ同じ。で、ある日のことだ。わたしはつい、敵を深追いした。撃墜数を増やしたかったんだ。気づくと弾《たま》は切れて、十数機に囲まれてた。絶体絶命だった。三機に背後につかれ、一斉《いっせい》射撃を受けた。そのときだ……」

ビューリングは声を落とした。

「あいつが、射線に割り込んできたんだ。大口径機銃《きじゅう》を何発も食《く》らい、魔力《まりょく》シールドが吹《ふ》っ飛んで、ゆっくりと落ちていった。そのあとすぐ、味方が掩護《えんご》に駆《か》けつけ、敵を追い散らしてくれてわたしは助かった。墜落したあいつのそばに降りたときにはもう、息が途絶《とだ》えてた」

智子は言葉を失った。

ただの偏屈《へんくつ》に見えたビューリングに、そんな過去があっただなんて。

「このハリケーンは、そいつが装備していたんだ」

ビューリングは己《おのれ》の愛機を、ゆっくりと撫でながらつぶやいた。

智子は唇《くちびる》をかみ締《し》めて、言った。

「……で、何が言いたいの？ そんな昔話を聞かせに、こんなところまで連れてきたってわけ？」

ビューリングは、首を振った。

「わたしは、このスオムスに死にに来たんだ」

智子は、顔から血の気が引いていくのを感じた。

いつか、智子が軍刀を突《つ》きつけたとき……、彼女は殺してくれ、と言った。あれは、本気だったのだ。

「あいつを殺した連中の弾を受けて死ぬ……。あいつの機体を装備してな。それがわたしにできる贖罪《しょくざい》だと思った」

「勝手に死ねばいいじゃない」

「ああ、そうだな。でも……、この前、街で爆弾《ばくだん》で吹っ飛んだ孤児院《こじいん》を見てな、考えが変わった。死ぬ前に、居場所がなくなる人間がこれ以上増えるのを、少しでも止めようってな」

「…………」

「なあトモコ」

ビューリングは、初めて智子の名を口にした。

「……何よ」

「ほんとの敵は小型戦闘兵器《ラロス》じゃない。撃墜数を稼《かせ》ぐことに意味なんかないんだ」

「じゃあ、ほんとの敵って、何よ」

「爆撃《ばくげき》兵器だ。そいつを落とさなければ、話にならない。たぶんネウロイは……、そのうち巨《きょ》大《だい》爆撃兵器を繰《く》り出してくる。中型爆撃兵器が通用しないとなれば、間違《まちが》いなく出してくる。そして、巨大爆撃兵器を撃墜するのに何より必要なのは、〝連携《れんけい》〟だ。個人の多少の技量なんか、あいつらには通用しない」

その言葉に、実戦をくぐりぬけた者だけに宿る力強い確信を智子は感じた。

でも……、智子は首を振《ふ》った。

「あなたのライバルは死んだけど……、わたしのライバルは生きてるの。そして、わたしを待っている。〝わたしを超《こ》えて頂戴《ちょうだい》〟って。わたしはまだ、彼女を超えられてない」

「トモコ」

「わたしは、彼女にだけは負けるわけにはいかないの。彼女に負けたくない、その思いだけで今まで飛んできたのよ。だから……」
ビューリングはしばらく考え込んでいたが……。
そうか、と寂《さび》しそうにつぶやくと、格納庫から去っていった。
智子はじっと、そこに立ち尽《つ》くした。
外では、吹雪《ふぶき》が続いていた。

第七章
CHAPTER 7

# 対決！ディオミディア！

智子は順当に撃墜数を増やしていった。

そして……、クリスマスがやってきた。


「穴拭少尉《しょうい》。ハッキネン大尉が司令室までお越しください、とのことです」

昼前……、哨戒《しょうかい》飛行を終えて智子が帰投してきたとき、連絡《れんらく》士官がやってきてそう告げた。

司令部にわざわざ呼ばれるなんて珍《めずら》しい。何事かと智子が駆けつけると、ハッキネン大尉と基地司令の他《ほか》に、懐《なつ》かしい顔立ちを持った人物がいた。

知り合いというわけではない。このスオムスではあまり見かけない顔……、東洋人だったのである。

ハッキネン大尉が、智子にその中年の男性を紹介《しょうかい》した。

「祖国のお客人です。少尉」

男性は智子ににこりと笑いかけた。

「大使館付き陸軍武官の、佐久間中佐《さくまちゅうさ》だ」

智子は慌《あわ》てて敬礼した。軍服を着ていなかったので、軍人とわからなかったのである。

「失礼したね。なに、文官のような仕事をしているもんでね」

どうやら情報関係の将校らしい。いったい、そのような人物が自分に何の用なんだろう？

「随分《ずいぶん》と活躍《かつやく》しているようだね。わたしも誇《ほこ》らしいよ。五十機撃墜《げきつい》おめでとう。現在きみは、扶桑皇国欧州派遣《はけん》組のトップエースだ」

智子は一礼した。わざわざ自分を激励《げきれい》するためにやってきたんだろうか？　大使館も暇《ひま》ね、などと思ったが……、次に佐久間中佐から飛び出た言葉が、智子を驚《おどろ》かせた。

「さて、そんなエースを本国としても放《ほう》っておくわけにはいかなくてな、このたび、君への叙《じょ》勲《くん》が決定した。功四級金鵄勲章《きんしくんしょう》だ。名誉《めいよ》だよ、少尉」

金鵄勲章といえば、栄誉ある賞だ。大将といえど、戦功がなければ授与《じゅよ》されない。まさに実力の証明であった。

「あ、ありがたくあります！」

と智子は最敬礼した。ふつふつと喜びがわきあがってくる。

「追って正式に通達があるだろう。授与式はパリで行われる予定だ。各国の武官、文官を呼んでな。派手なパーティだ。楽しみにしていてくれたまえ」

智子は喜びに震《ふる》えた。

しばらく祖国の近況《きんきょう》などを、智子は聞いた。そしてカールスラントの戦況《せんきょう》も。各国から派遣された機械化航空歩兵たちの活躍にもかかわらず、全体としてはどうにも押され気味で思わしくないらしい。武子は元気にしているだろうか？　と智子は心配になった。

「カールスラント組は、元気でやってますでしょうか？」

「未《ま》だ殉職者《じゅんしょくしゃ》は出ていないと聞いている」

智子は安心した。では、武子も無事なんだろう。

安心すると同時に、智子は気になっていたことを尋《たず》ねたくなった。情報関係の武官なら、おそらく軍の内情にも詳《くわ》しいに違《ちが》いない。

「中佐殿《どの》にお尋ねしたいことがあるのですが」

「なんだね」

「わたしのスオムス派遣を決定したのは、誰《だれ》なのですか」

佐久間中佐は、きょとんとした顔になった。

「知らないのか？」

「ええ」

「君の同期の、加藤少尉《しょうい》だよ」

智子は蒼白《そうはく》になった。

「武子が？」

「ああ。カールスラント組を選抜《せんばつ》している最中《さなか》だったかな……。きみももちろん、カールスラント派遣組に入っていた。でも、ある日加藤少尉が選抜委員会にやってきてな。強弁に主張したんだ。きみをカールスラントへやるな、とな」

「どうしてですか？　どうして？」

智子の剣幕《けんまく》に、佐久間中佐はたじろいだ。

「さぁ……、わたしが直接聞いたわけではないから、詳しいことはわからんが、激戦では穴拭少尉は通用しないとかなんとか……。きみの戦績と考課表を見る限り、そんなことはないと判断したのだが、どうしてもと言うもんでな。結局、現場の士官の言うことだし、ということで、きみはスオムスに派遣されることになったんだ。でも、きみの戦果を鑑《かんが》みるに、杞憂《きゆう》だったようだな」

智子は愕然《がくぜん》とした。

自分をスオムスに追いやったのは……、武子だったのだ。

どうして？

と智子は小さくつぶやいた。

自分はライバルの武子といっしょに戦いたかったのに……。

お互《たが》い高めあって、戦果をあげたかったのに……。

ふらふらになって自室に引き上げてきた智子は、ベッドに突《つ》っ伏《ぷ》した。哨戒飛行《しょうかい》の報告書を書かねばならないのだが、手につかなかった。

ただ、どうして？

とその思いが巡《めぐ》る。

思えば……、武子の様子はおかしかった。やはり、武子は自分の戦果を妬《ねた》んでいたのだ。だから、戦果があげにくいであろうスオムスに追いやったのだ。親友だと思っていたのは、自分だけだったのだ。

そんな風に落ち込んでいると……、サイレンが鳴り響《ひび》いた。

「空襲《くうしゅう》警報発令！　空襲警報発令！」

ネウロイだ。

敵は、自分の心境などおかまいなしにやってくる。

智子は唇《くちびる》をかみ締《し》めると、立ち上がった。

空に上がると同時に、ハッキネン大尉《たいい》のアナウンスが聞こえてくる。

「敵戦爆《せんばく》連合二十余機は、地点B―3より高度五千メートルで接近中。気をつけて。今日の敵《ネウロイ》は、ちょっと様子が違うようです」

いつもの冷静さをかいた声であった。しかし……、心ここにあらずの智子は、気づかない。

ただ機械的に、示された高度と地点へと身体《からだ》を向けた。

会敵点に近づいたとき……、智子はやっといつもとは敵の様子が違うことに気づいた。

いつもなら、とっくに突撃《とつげき》を開始しているはずの第一中隊が、攻《せ》めあぐねているように、敵編隊の上空を旋回《せんかい》している。

いったいどうしたというのだろう?

智子はすぐにその理由に気づいた。

ラロスが囲む、巨大《きょだい》な存在に……。

いつものケファラスじゃない。

そのシルエットは、三倍は大きい。

機数は一機だったが、存在感は圧倒《あっとう》的だった。

『〝雪女〟より戦闘《せんとう》機隊へ。接近しつつある敵巨大爆撃兵器は、新型のディオミディアと判明！　カールスラントで、航空隊を苦しめている化け物です！　ハリネズミのように機銃《きじゅう》を装備しています。不用意な接近は危険です！』

近づくにつれ、ケファラスとは違う、その迫力《はくりょく》が浮《う》きぼりになっていく。

四発のエンジンによって牽引《けんいん》されるその姿は、まさに空中の要塞《ようさい》のような、異様なさまを誇《ほこ》っている。横に伸《の》びた翼《つばさ》が、禍々《まがまが》しい雰囲気《ふんいき》を放つ。

胴体《どうたい》も、翼も太く、力強い。おそらくは防弾《ぼうだん》も相当なものなのだろう。

さすがのミカ・アホネン大尉が率いる歴戦の第一中隊も、どう攻めればいいのかわからぬようだ。近づいては機銃に撃《う》たれ、退避《たいひ》を繰《く》り返している。

智子は勇気を振《ふ》り絞《しぼ》った。

怖《こわ》い。

勝てない、と本能が教えてくれる。

だが……、智子は接近を開始した。

そこにエルマ中尉の無線が飛び込んできた。

「穴拭少尉！　危険です！　近づかないで！」

しかし、智子は突撃をやめない。

キャサリンの悲鳴のような声も響いた。

「トモコ！　行っちゃダメね！　あいつはまずいね！」

「少尉！　やめてください！　落ち着いて！」

ハルカの声も届く。

だが智子は、ぐんぐんと近づいた。ディオミディアの巨体に備え付けられた無数の機銃が、防御《ぼうぎょ》射撃を開始した。アイスキャンデーのような青い筋が、幾《いく》つも智子めがけて延びる。

智子の脳裏《のうり》に、さきほどのハッキネン大尉の言葉がよみがえる。

カールスラントで航空隊を苦しめている？

ということは、武子が苦戦しているということだ。

つまりあれを撃墜《げきつい》すれば、自分は武子以上だということが証明される。

それは勲章《くんしょう》よりも、国民全部に賞賛されるよりも、喜ばしいことだ。

武子、見てらっしゃい。

智子はつぶやいた。

あなたは絶対に、わたしには勝てないってこと、証明してあげる！

距離《きょり》は二百メートル。

ディオミディアの防御機銃が、智子に当たり始めた。しかし……、このぐらいなら、魔力《まりょく》の防御シールドでなんとかなる。

照準いっぱいに、巨大爆撃兵器の姿が広がる。

智子は七・七ミリ機銃の射撃を開始した。

あの巨体だ。外しようはない。

パッ！　パッ！　とディオミディアの機体表面に火花が散るが……、山に小石をぶつけているようなものだ。まったく効いているようには見えない。防弾装甲《ぼうだんそうこう》を装備しているようだ。七・七ミリ機銃弾では、装甲を破れないのだ！

「落ちてよ――――――ッ」

智子は絶叫《ぜっきょう》しながら、トリガーを絞りつづけた。

しかし、機銃弾ははじかれるばかり。

相対距離が百をきった。

智子の身体に、十数門の防御機銃が集中した。

射線に絡《から》められ……、ついに魔力のシールドが限界に達した。

「あッ！」

一発がエンジンに被弾《ひだん》する。

扶桑海事変以来の愛機が、煙《けむり》を噴《ふ》いた。

急激に速度が落ちる。

このままではやばい！

智子は必死に、射程から逃《のが》れようとした……、が間に合わない。

「うっ！」

機銃弾を腕《うで》に食《く》らったのだ。

ついで足に……、激痛がはしる。

もうだめ、と思った瞬間《しゅんかん》……。

茶色の影《かげ》が、上空から降ってきて、自分に覆《おお》い被《かぶ》さった。

「え？」

智子に当たるはずだった機銃弾が、覆い被さったその影に吸い込まれていく。

「ビューリング！」

智子は驚《おどろ》いた。智子の盾《たて》になり……、苦しそうな顔で一身に機銃弾を受けているのは果たしてビューリング少尉であった。

「何をしてるのよ！　離《はな》れて！」

しかし、ビューリングは離れない。

あっという間にビューリングのシールドも限界に達し……、彼女の身体《からだ》に機銃弾がめり込む、鈍《にぶ》い音が聞こえてきた。

「あなた！　死にたいの！」

それでもビューリングは智子から離れない。無言で智子を抱《かか》えたまま、よろよろと這《は》うように飛行する。

やっとのことで射程外に逃れたとき……、ビューリングの身体から力が抜《ぬ》けた。

ふらっと崩《くず》れ、地面へと滑空《かっくう》していく。

「ビューリング！」

智子は絶叫した。

追いかけようとしたが、身体が痛んで言うことを聞かない。

ついで目の前が暗くなり……、意識が飛んだ。


気づくと、智子は医務室のベッドに寝《ね》かされていた。

隣《となり》では心配そうな顔のハルカとエルマ中尉、そしてキャサリンが智子を覗《のぞ》き込んでいる。

「気づいたねー」とキャサリンがつぶやいた。

「よかった……、丸一日寝てたんですよ」とエルマ中尉が、智子に告げた。

「……ここは？」

と尋《たず》ねると、基地の医務室です、とエルマ中尉が答えた。身体を動かそうとして、激痛が走った。……っ！　とうめくと、

「あ、寝ててください！」

と、エルマ中尉に言われた。

「でも……、ビューリングは……」

智子が尋ねると、キャサリンが口を開こうとした。

「ええとですねー、それが……」

その口が、ウルスラとハルカによってふさがれる。

ふむご！　むご！　と、キャサリンが暴れた。ハルカとウルスラは、訴《うった》えかけるような目でエルマ中尉を見つめた。彼女はためらうかのように、唇《くちびる》を噛《か》んだが、おもむろに顔をあげた。

「……銃弾《じゆうだん》を体中に受けて、魔力《まりよく》シールドが吹《ふ》っ飛んで、それで」

智子は蒼白《そうはく》になった。

「……そんな」

その先は、怖《こわ》くて口に出せなかった。

しばらく震《ふる》えたあと、搾《しぼ》り出すような声で、智子はつぶやいた。

「……どうして。わたしなんかのために。……わたし、ひどいことばっかり言ってきたのに」

エルマ中尉は、すまなそうな声で言葉を続けた。

「ビューリング少尉《しょうい》、言ってました。穴拭少尉は部隊に必要な人だからって。……だから、盾になったって言うんですか！　どうして！」

エルマ中尉は首を振《ふ》った。

智子はがっくりとして、うなだれた。

「ゆっくりと……、傷を治してください。あとのことは心配しないで」

「でも……、でも、ビューリングとわたしがいなくって……」

「だ、だいじょうぶね！」

キャサリンがつとめて明るい笑顔《えがお》を装《よそお》い、頷《うなず》いた。

「今度はこのウルスラの作った新兵器を試《ため》すことにしたね！　なんだっけ？　ウルスラ？」

ウルスラが、小さな声で答えた。

「空対空ロケット」

「そう！　そのロケットねー！　そいつを当てれば、いくらあの巨大《きょだい》な爆撃《ばくげき》兵器でも……」

智子は心配になった。ロケット……、そんなものを当てるためには、相当近寄らなければならないだろう。

エルマ中尉は、智子の手を握《にぎ》った。

「……エルマ中尉」

「ほんとに大丈夫《だいじょうぶ》だから。わたしたちでなんとかする。だから、あなたはゆっくりと、傷を治してちょうだい」

ハルカが、智子の手を握ったエルマ中尉の手の上から、自分の手のひらを重ねる。

「あ、安心しててください！　ここへは絶対にネウロイを近づけませんから！」

去り際《ぎわ》に、全員は智子に頭を下げた。

「穴拭智子少尉。ありがとう」

智子は包帯が巻かれた腕《うで》を見つめた。

自分は……、自分は皆《みな》に感謝されるようなことをしただろうか？

……わがままばかり、押し付けてきたような気がする。

その夜……、皆が引き上げたあと、智子が眠《ねむ》れずにまんじりとしていると……、扉《とびら》がノックされた。

返事をしないでいると、がちゃりと扉が開いた。

ハッキネン大尉であった。

「大尉」

とつぶやくと、一枚の紙を手渡《てわた》された。

「……これは？」

「帰国命令です」

「……帰国命令？」

「そうです。叙勲《じょくん》の決まったエースを、死なせるわけにはいかない、と、佐久間中佐《ちゅうさ》から連絡《れんらく》がありまして……」

「…………」

「明日、迎《むか》えの飛行船が来ますので、それでガリアのブレスト軍港まで向かってください」

ハッキネン大尉が去っていった後、智子は顔をおさえた。

『死なせるわけにはいかない』

さっきのハッキネン大尉の言葉がよみがえる。

すると……、ビューリングの死が、重く肩《かた》にのしかかってきた。

声を押し殺して、小さく泣いた。

ビューリングの死は、自分のせいだ。

自分が、戦果を焦《あせ》ったから……。

エースという称号《しょうごう》にこだわったから……。

大事な戦友を失ってしまった。

いや、自分を戦友と認めてくれていた人間を、失ってしまったのだ。

こっちは、ただのお荷物ぐらいにしか思っていなかったのに……。

しかも自分の身代わりになって……。

「どうして、わたしをかばったのよ……、こんな、自分の撃墜《げきつい》数にしか興味のなかったわたしを……」

智子は朝まで泣いた。


翌朝……。

智子の病室に、昨日の佐久間中佐が、部下を連れて現れた。この前と違《ちが》い、扶桑皇国陸軍の制服《せいふく》を着用に及《およ》んでいた。

「今日は正式な命令なんでね。さて、扶桑皇国陸軍、スオムス義勇飛行中隊所属、穴拭智子少尉。本国帰還《きかん》を命ずる」

それからにっこりと笑った。

「ご苦労さま。国に帰れば、国民の歓迎《かんげい》が待っているぞ」

智子は用意された担架《たんか》に横たえられ、外に出た。

二ヶ月ほど暮らした宿舎を見上げる。ボロボロの倉庫……。空襲《くうしゅう》初日に食《く》らった機銃掃射《きじゅうそうしゃ》のあとや、焼け焦《こ》げた壁《かべ》もそのままだった。

なんてボロい建物なんだろう、と思ったけど……、いざ去り行く段になると、妙《みょう》に懐《なつ》かしく、寂《さび》しく感じた。

「中隊の皆は？」

とそばに控《ひか》えた衛兵に尋《たず》ねると、

「ああ、出撃待機中です」と答えた。

自分の戦争はあっけなく終わったが……、彼女たちの戦争は未《ま》だ続いているのだ。

大丈夫《だいじょうぶ》だろうか？　と心配になった。

でも……、自分に心配する権利などないのかもしれない。

自分は彼女たちと、何一つ協力しなかったではないか。

足手まとい、役立たず、期待しない……、そう言って邪魔者扱《じゃまものあつか》いして、無視してきた……。

車に乗り込もうとしたとき……。

サイレンが鳴り響《ひび》いた。

ついで、ハッキネン大尉の声が、飛行場の一角に立つポールに備え付けられたスピーカーから流れてきた。

『空襲警報！　空襲警報！』

担架を持った、佐久間中佐の部下の一人が舌打ちした。

「ついてねえなあ。こんなときに来なくてもよさそうなもんなのに……」

智子は唇《くちびる》をかみ締《し》めた。

やつは今日も……。

『接近しつつある敵は、先日の巨大爆撃《きょだいばくげき》兵器を含《ふく》む戦爆連合二十余機！　高度四千！　当基地に進撃中！』

智子は唇を噛《か》んだ。

やはり……、来たのだ。

飛行場から、次々に乙女《おとめ》たちが飛び上がっていくのが見えた。

ぐんぐんと上昇《じょうしょう》していくスマートな機体は、第一中隊のメルスだ。

あのずんぐりとした機体は、キャサリンのバッファローだ。相変わらずよたよたしているのでよくわかる。

その隣《となり》の、小さな身体《からだ》はウルスラだろう。何か両手に筒《つつ》のようなものを抱《かか》えている。あれが言っていた〝ロケット〟なんだろうか？

今飛び上がった白い機体は、ハルカの十二試艦《しかん》戦《せん》だ。ほら、しっかり前を見て飛行しないとちゃんと編隊が組めないじゃないの。

エルマ中尉が、最後に飛び上がった。隊長なのに、離陸《りりく》でもたついてどうするの。ほら、G50はそんなに上昇力がよくないんだから、ちゃんと準備して先行しないと……。

どこまでも危なっかしい、義勇独立飛行中隊を智子は見つめた。

〝いらん子〟と呼ばれて、母国で行き場所を無くした仲間たち。

ここでも、居場所のない仲間たち。

そして自分も、邪魔者扱いした仲間たち。

そんな自分に『ありがとう』と言ってくれた仲間たち……。

自分は……、そんな仲間たちを今、失おうとしているのかもしれない。

競《きそ》い合うだけじゃなく、協力しあえる。

そんなことができる、本当の友人になれたかもしれない、仲間たちを……。

ビューリングのように……。

任せてくれ、と彼女たちは言っていた。

でも……、と、智子はつぶやいた。

「任せられるわけないじゃないのよ」

え？　と担架を持った大使館付き武官がつぶやく。

智子はがばっと身を起こすと、担架から飛び降りた。付き添《そ》いの武官が持った風呂敷包《ふろしきづつ》みにささった軍刀を抜《ぬ》いた。

「ちょ……、少尉《しょうい》！　何を！」

無視して智子は歩き出した。

足が痛い。腕《うで》が痛い。

でも……、歩けぬほどじゃない。

つまりは、飛行ができないほどじゃない。

ひょこひょこと片足を引きずって、今度は無理やり走り出した智子を、佐久間中佐《ちゅうさ》が追いかける。

「おい！　少尉！　どこに行くんだ！」

「皆《みな》のところです」

「おいおい！　そんな身体でどうしようって言うんだ！　貴官には帰国命令が出ているんだぞ！」

「はぁ、拒否《きょひ》します」

「拒否しますとはどういうことだ！　抗命罪《こうめいざい》だぞ！」

近寄る佐久間中佐に、智子は軍刀を突《つ》きつけた。ひ、と佐久間中佐はあとじさる。

「すいません。勲章《くんしょう》とチャラってことで」

格納庫に飛び込むと、整備兵たちが目を丸くした。

「穴拭少尉！　国に帰られたんじゃあ……」

「いいからわたしのキ27を！　早く！」

整備兵たちは智子の剣幕《けんまく》に慌《あわ》てたように、ガラゴロと台車に載《の》せられた修理が済んだ智子のキ27を運んできた。椅子《いす》に腰掛《こしか》けた智子の足に、それを装着する。

智子の足が、機体《キ27》に吸い込まれていく。魔力《まりょく》のフィールドが青白く光り、智子の足を包んでいった。

「その怪我《けが》で、飛べるんですか？」

包帯が巻かれた腕や足を見つめて、整備兵が心配そうにつぶやく。

「飛べるんじゃないの。飛ぶのよ」

と智子は叫《さけ》んで駆《か》け出した。

飛行場に飛び出て、全開の魔力をキ27のマ一型乙魔道《おつまどう》エンジンに送り込む。ぶわっと魔道エンジンが唸《うな》りをあげ、智子ははじかれたように飛行場を滑走《かっそう》した。

「くっ！」

悲鳴をあげるのにもかまわず、そのまま身体を空へと持ち上げる。

力強く上昇するキ27を見つめ、整備兵たちがつぶやいた。

「旧型とは思えない上昇だな」

「気合が入ってるんだろ。魔道エンジンは魔力で動く。魔力は気力ってね」

整備兵たちは、小さくなる智子に向けて、帽子《ぼうし》を振《ふ》った。

「ネウロイをやっつけてくれよ！　撃墜王《エース》！」

先日やってきたのと同じ、巨大《きょだい》なディオミディアを前にして、義勇独立飛行中隊の面々は怯《おび》えていた。

こうやって改めて見ても……、でかい。

かなりでかい。

というかでかいなんてものじゃない。

翼《つばさ》の差《さ》し渡《わた》しは、ちょっとした学校のグラウンドぐらいはありそうだ。

四発の巨大なエンジンに推力を与《あた》えられたこれまた大きなプロペラが、ぶおんぶおん、と忌《い》まわしい音を立てて回転している。薄汚《うすよご》れた灰色の塗装《とそう》は、まるで凶悪《きょうあく》なクジラのようであった。

「まるで白鯨《はくげい》ね」

とエルマ中尉がつぶやく。いらん子中隊の面々は、機銃《きじゅう》の射程外から、近づくその巨大爆撃《ばくげき》兵器を見つめていた。第一中隊も、ディオミディアをはさんで反対側、同じように遠巻きに見つめている。護衛のラロスは、手を出してこない連中に興味はないらしく、ぴたりと巨大爆撃兵器に張り付いていた。近づけば、襲《おそ》ってくるのだろうが……、近づく手段が見つからなかった。

「わたしたちは、シャチの群れに守られた白鯨に立ち向かうエイハブ船長ってわけねー」

キャサリンが、自嘲《じちょう》気味につぶやく。

「エイハブ船長って確か、最後に死ぬんでしたっけ?」

とハルカが縁起《えんぎ》でもないことをつぶやく。

「怖《こわ》いこと言っちゃダメね」

「でも……、死なずにあいつを倒《たお》す方法、あるんですか?」

みんな一斉《いっせい》に、黙《だま》ってしまった。

「ウルスラ、ロケットの準備は?」

エルマ中尉がウルスラに尋《たず》ねた。

「OK」とウルスラが短く返事をした。その手には二本の円筒《えんとう》が握《にぎ》られている。中には、ウルスラが発明した空対空ロケットが収められているのであった。炸薬《さくやく》量は二十キロ。機銃とは比べ物にならない威力《いりょく》を発揮するだろうが……。

「機銃の射程外から撃《う》って当たる？」

ウルスラは首を振った。

「無理」

エルマ中尉はため息をついた。

「こうしていても埒《らち》があかないわね……、とりあえず攻撃《こうげき》してみましょう」

しかし……、近づくと護衛のラロスが反応した。牛の尻尾《しっぽ》に追い払われるハエのように、いらん子中隊は退散する。

どうにも近づけない。それは第一中隊も同じで、接近しては防御《ぼうぎょ》機銃とラロスに追い散らされる、を繰《く》り返している。

エルマ中尉は、決心したようにつぶやいた。

「う、こうなったら……」

「こうなったら？」

「体当たりするしか、ないかなぁ……」

「何を言ってるね！」

「でも、このままじゃまた、スラッセンの街が爆撃されちゃう……。わたしたちは機械化航空魔女歩兵よ。みんなを守らなくちゃいけないのよ。だったら……」

そしてエルマ中尉はふらふらと、巨大爆撃兵器に近づいて行った。

「エルマ中尉だけ行かせません！」

ハルカがそれに続こうとする。キャサリンは慌てて叫んだ。

「待つね！　やけになっちゃだめね！」

そのとき……。

不意に無線に怒鳴《どな》り声が聞こえてきた。

「なにしてんのッ！　いいから離《はな》れて！　体当たりしたってダメよ！」

「トモコ！」

「穴拭少尉《しょうい》！」

鮮《あざ》やかに白く光る機体が、雲の隙間《すきま》から現れた。智子はいらん子中隊の前に躍《おど》り出ると、両手を広げた。

「少尉……」

ハルカなどは、もう泣いていた。

「どうしたんですか！　病室で寝《ね》てたんじゃ……」

いらん子中隊たちは、智子に帰国命令が出ていたことを知らない。でも、そんなことを説明している暇《ひま》はない。

「あなたたちだけに任せるわけにはいかないでしょう？」

「でも……、怪我《けが》してるのに……」

「怪我がどうしたってのよ！」

智子は叫《さけ》んだ。

「わたしは撃墜王《エース》なのよ。エースが寝ててどうすんのよ」

「トモコ……」とキャサリンが叫んだ。しかる後に抱《だ》きついてくる。

「やっぱりユーは最高のエースね！」

大柄《おおがら》なキャサリンに抱きすくめられ、二人はくるくると空中で回転した。

「ちょ、褒《ほ》めるのは後でいいわよ。とにかく今はわたしの指示に従って」

智子は無線で、第一中隊のミカ・アホネン大尉《たいい》を呼んだ。

「アホネン大尉」

『なあに？　というかあなた、怪我して寝てたんじゃなかったの？』

「お願いがあります。ラロスをひきつけてください」

『あの忌々《いまいま》しいディオミディアはどうするのよ』

「わたし〝たち〟でやります」

しばしの間があったが、ミカ・アホネン大尉の『了解《りょうかい》』という声が聞こえてきた。

智子は並んで飛行する仲間たちに告げた。

「わたしに従って。策があるの」

「これが〝策〟ねー！」

「しかたないでしょ！　一番頑丈《がんじょう》な装脚機《ストライカー》はあんたなんだから！」

騒《さわ》ぐキャサリンを、智子はなだめた。ここまで飛びながら考えた策とは……、一直線になって突撃《とつげき》すること、であった。

いらん子中隊のメンバーは、キャサリンを先頭にして、まるでムカデのように繋《つな》がって、一直線にディオミディアに向かって突撃を開始した。

護衛のラロスは、ちょっかいをかけてきた第一中隊にかかりっきり。

しかし、護衛がいなくなったからといって、ディオミディアが脅威《きょうい》でなくなったわけではない。

その巨体《きょたい》には、無数の機銃座《きじゅうざ》が設けられ、近づこうものならシャワーのように機銃弾《だん》を浴びせてくるのである。

一直線に近づく〝いらん子〟中隊に、アイスキャンデー《機銃弾》が飛んできた。先頭を行くキャサリンに、弾《たま》が集中する。

「こりゃたまらないねー！」

　智子は叫んだ。

「みんな！　前方にシールドを集中して！」

　乙女《おとめ》たちは身体《からだ》を魔力《まりょく》のフィールドで守られている。弾や寒暖から身体を守るためのシールド……、それをキャサリンの前に集中させた。五人分のシールドが、盾《たて》代わりのキャサリンを守る……、が、やはりいつまでももつわけではない。

「じゃあハルカ。お願いね」

　智子はキャサリンの後ろを飛ぶハルカに声をかけた。

　緊張《きんちょう》した声で、ハルカは頷《うなず》いた。

「は、はい」

　智子の作戦はこうだ。

　五人分の魔力のシールドを張ったキャサリンを盾として、ディオミディアに接近し……、ついでハルカの装備した二十ミリ機関砲《きかんほう》で、防御《ぼうぎょ》機銃座をつぶす。見たところ、機銃座も軽装甲がなされている。二十ミリ以上じゃないと歯が立たない。いらん子中隊の中で、二十ミリ機関砲を装備しているのはハルカの十二試艦《しかん》戦《せん》のみであった。

「頼《たの》んだわよ。あなたの二十ミリに、この計画のすべてがかかってるんだから」

ぐんぐんとディオミディアが近づく。機銃の勢いが激しさを増した。

まるで猛烈《もうれつ》な暴風雨の中に突《つ》っ込んでいくようだ。暴風雨と違《ちが》うのは、雨粒《あまつぶ》じゃなく、飛んでくるのは鋼鉄の弾丸《だんがん》ということである。

「うわ！　そろそろ限界ね！」

キャサリンが叫ぶ。

「今よ！」

と智子が叫んだ。

ハルカは身を乗り出し、二十ミリ機関砲を構えた。狙《ねら》いをつけようとするが……、視界がぼやける。うまく狙いがつけられない。

「あう！」

引き金をしぼったが……、二十ミリ機関砲弾はあさっての方向で火花を散らすのみ。機銃座にはかすりもしない。

瞬《また》く間に、五人はディオミディアの上を通り過ぎてしまう。

失敗であった。

「どうしてあの距離《きょり》で外すのよ！」

智子はハルカを怒鳴《どな》りつけた。

「ご、ごめんなさい……」

と、ハルカは泣きそうな声で謝った。

「次は外さないでね。何回も繰《く》り返すなんて無理なんだから」

「は、はい……」と自信なさげにつぶやくハルカの仕草に、エルマ中尉《ちゅうい》が気づいた。目の前で、手のひらを開いたり、閉じたりしている。ハルカはそれをじっと見つめているのだ。

「ねえハルカ一飛曹《ひそう》」

「は、はいっ！」

「あなたもしかして……、目が悪いんじゃ。近視？」

その言葉で、全員があんぐりと口を開いた。

「本当なの？　ハルカ！」

困ったような声で、ハルカは頷いた。

「は、はい……」

「眼鏡《めがね》かけなさいよ！　眼鏡！」

「ダメです！」

ハルカは絶叫《ぜっきょう》した。

「なんでよ！」

「眼鏡かけたらわたし、ぶっさいくなんです！」

全員は再び、口をあんぐりとあけた。

「眼鏡持ってないの？　ねえ！」

ハルカはしばらく黙《だま》っていたが……、

「……持ってます。ごめんなさい」

と、白状した。

「かけろ！」

全員の魂《たましい》の叫《さけ》びが、唱和した。

「いやですッ！」

「あのねえ！　ぶっさいくとか言ってる場合じゃないでしょ！　戦争なのよ戦争！」

「戦争だろうがなんだろうが、ぶっさいくはたえられません！」

そんなハルカの訴《うった》えを無視して、智子は怒鳴った。

「かけなさいッ！　これは命令よッ！」

ハルカは首を振《ふ》る。

「どうして！　理由によっちゃ斬《き》るわよ！　マジで斬るかんねッ！」

智子は握《にぎ》った軍刀を指差して叫ぶ。するとハルカは、

「斬って！　斬ってください！　少尉に斬られるなら本望《ほんもう》ですッ！」

「あのねえ！」

と智子が脅《おど》しのために軍刀の柄《つか》に手をかけると……、ハルカは絶えられずに絶叫した。

「すきなんですッ！」

「え？」

「わたし、智子少尉が好きなんです！　はいごめんなさい！　ライクじゃなくってラブのほうですきなんですね！　憧《あこが》れ、尊敬、そして恋《こい》という三段活用でステップアップしましたね！　それなのに少尉ってば、こないだ途中《とちゅう》までやめちゃったじゃないですか！　それはきっとわたしに魅力《みりょく》がないから！　そうなんですよね！　眼鏡かけたらさらに魅力半減！　見向きもしてくれなくなりますわ！　そんなの死んでもいやなんです！」

ハルカの叫びに、全員が目を丸くした。

「女同士でなにやってるね」とキャサリン。

「地獄《じごく》におちますよ」とエルマ中尉。

「違うわ！　わたしはレズビアンじゃないわ！　ねえハルカ！　冗談《じょうだん》よね！」

「冗談じゃないです……。だから、わたしを抱《だ》くって約束したら、眼鏡かけます」

「あんたねぇ……」

と智子がわなわなと震《ふる》えていると、ウルスラが近づいてきて耳打ちした。

「抱くって言って」

智子はぴりぴりと震えた。なんでわたしが……、と、激しく、せつなくなった。

「抱いとくねー」とキャサリン。

「まあこの場合、仕方ないんじゃないでしょうか」とエルマ中尉。

「わかったわ！　抱くわよ！　抱くから！」と智子は絶叫した。

「ほんとですか？」

「女に二言はないわ」

するとハルカは、大きく頷《うなず》いてポケットからでっかい眼鏡を取り出した。完璧《かんぺき》な壜底《びんぞこ》眼鏡である。それをかけた。いやはや、なんとも大きな眼鏡である。しかも分厚いので、まるで水中眼鏡でもかけているようだ。ぷ、と智子は口をおさえた。

「……笑いました？　今」

皆《みな》が近づいてきて、一斉《いっせい》に智子をつねり上げた。

「いたい！　わ、笑ってない！　じゃあ行くわよ！」

再び五人は突撃《とつげき》を開始した。

さきほどと同じように、キャサリンが先頭で、機銃弾《きじゆうだん》に対する盾《たて》となる。

距離《きより》が近づく。

四百、三百……、二百メートルをきったあたりで、ハルカは顔をあげ、キャサリンの肩越《かたご》しに二十ミリ機関砲《きかんほう》をぶっ放した。

ドンッ！ ドンッ！ ドンッ！ と、太い薬莢《やっきょう》が舞《ま》い、機関砲弾が機銃座に吸い込まれていく。炸裂《さくれつ》弾頭が機銃座の中にめり込み、爆発《ばくはつ》した。

「やったぁ！」

ハルカは次の機銃座に狙《ねら》いをつけた。それも破壊《はかい》！

続けざまに四つの機銃座を破壊した。

ディオミディアの上方がガラあきになる。

距離五十メートル。

キャサリンとハルカが、離脱《りだつ》した。

「ウルスラ！」

智子が絶叫《ぜっきょう》した。ウルスラは頷くと、両手に持ったロケット砲を発射した。

シュポンッ！

と乾《かわ》いた音がして、ロケットが発射された。

白い煙《けむり》を吐《は》いて、ロケットはディオミディアの機体に吸い込まれる。

ボウンッ！　と赤い爆発が起こり……、胴体《どうたい》中央に大穴が開いた。

しかし、なんという頑丈《がんじょう》さであろうか。

それでもディオミディアは飛行を続けている。

「エルマ中尉《ちゅうい》！　わたしを支えてて！　全速！」

「了解《りょうかい》！」

エルマ中尉の後押しを受けて、さらに智子は加速した。

「うぉおおおおおおおおおおおおおおおおッ！」

ロケット弾《だん》が作り出した大穴めがけて智子は突《つ》っ込んだ。

左手で軍刀を握《にぎ》り、まっすぐに突入《とつにゅう》する。

「エルマ中尉！　離《はな》れて！」

咄嗟《とっさ》にエルマ中尉は智子から離れた。

軍刀を突き出したまま、智子はディオミディアに開いた穴に飛びこむ。

智子の姿が穴の中に消えて見えなくなった瞬間《しゅんかん》……。

めきっ、とディオミディアの胴体が折れた。

ついで爆発炎《ばくはつえん》がストロボのように瞬《また》いた。

一瞬ののちに折れたディオミディアの胴体が膨《ふく》れ上がり、爆発した。

胴体内に抱《かか》えた爆弾《ばくだん》が爆発したのだ。

巨大《きょだい》な爆発炎が、ディオミディアのあった空間に巻き起こり……。

離れたハルカたちのところまで、爆風と破片《はへん》が飛んでくる。

「トモコ！」

「穴拭少尉！」

ハルカたちは、絶叫した。

ディオミディアはバラバラに四散し……、白い煙がたなびくのみ……。

一瞬でやってきた静寂《せいじゃく》……。

わずか数秒なのに……、無限に感じるような時間が流れる。

智子は？

一同は呆然《ぼうぜん》と白煙《はくえん》を見つめた。

「そんなぁ……、智子少尉……、抱《だ》いてくれるって約束したじゃないですかぁ……」

ハルカがつぶやいた瞬間……、晴れゆく煙の中に、白い機体が見えた。

「平気よ」

無線に智子の声が響《ひび》く。

爆発の瞬間……、智子は魔力《まりょく》のフィールドを全開にしたのだった。

その場の全員が、歓声《かんせい》をあげた。

編隊を組んで帰投するために、仲間に近づく智子は……、たなびく煙を見つめながらつぶやいた。

「ビューリング少尉……。仇《かたき》はとったわよ」

エピローグ
EPILOGUE

宛　穴拭智子様

新年あけましておめでとう。まずは新年のご挨拶《あいさつ》。智子、元気でやってますか。あなたのことだから、がんばっているんでしょうね。カールスラントは、今日も激戦です。昨日も激戦でした。しかし、わたしの所属するカールスラント義勇飛行兵団は戦意旺盛《おうせい》、今日もネウロイを追い返すために、出撃《しゅつげき》しました。部隊戦果は大小合わせて三十余。それでもネウロイは日々増強しています。

智子は二枚目を取り上げた。

さて……、あなたはわたしを恨《うら》んでいるかもしれません。そうです。あなたのスオムス派遣《はけん》を上層部に具申したのはわたしです。でも……、それは本当にあなたのためを思ってのことだったんです。わたしのそばにいたら、あなたは個人の撃墜《げきつい》数にこだわり、大局を見失うと思ったから。でも……、安心しました。新聞読みました。巨大爆撃《きょだいばくげき》兵器ディオミディアを撃墜したとのこと。こちらではまだ撃墜戦果はありませんから、あなたが撃墜第一号です。ほんとうにおめでとう。自分のように嬉《うれ》しいです。あれを個人で撃墜するのは不可能だと思います。つまりあなたには……、仲間ができたんですね。いっしょに並んで飛べる仲間が。いつの日か再び、共に飛べる日を楽しみにしています。そのときに足手まといにならないよう、実力を磨《みが》いておきます。あなたもがんばってください。スオムスは息も凍《こお》る寒さだというけれど、風邪《かぜ》などひかないでね。それではまた。お元気で。

加藤武子

いつまでもあなたと共に戦う

智子は手紙を愛《いと》しそうに撫《な》でた。

カールスラントにいる武子からの手紙だった。今までわだかまっていた友への誤解が解け、智子は素直《すなお》に嬉しかった。

そして目の前には、新たにできた友がもう一人……、優雅《ゆうが》にコーヒーを飲んでいた。

「どうした？　わたしの顔に何かついているか？」

ビューリングだった。

「いえ……、そうじゃないわ。しかし、よくもまあ死んだふりなんかしたわね」

「〝死んだ〟とは誰《だれ》も言ってない。お前が勝手に誤解しただけだ」

いつものつまらなそうな顔で、ビューリングはコーヒーを飲んだ。ディオミディアに撃墜され、負傷したが……、彼女も致命傷《ちめいしょう》ではなかった。そして、〝死んだと誤解させろ〟とエルマ中尉《ちゅうい》に指示したらしい。

そうすれば、智子はきっと仲間意識に目覚めると……。

「ほんとにひねくれ者ね」

「なんでだ？」

「ブリタニア人なんだから、紅茶を飲みなさいよ」

「茶など飲めるか。味が薄《うす》い」

そう言って、ビューリングはコーヒーをすすった。智子はそんなビューリングに、頭を下げた。

「ありがとう」

ビューリングは応《こた》えない。ただ、ちょっと首をかしげて、

「まぁ、たまには茶もいいか」とつぶやいた。

そのとき……、どん！　と音がして、扉《とびら》が猛烈《もうれつ》な勢いで開いた。智子とビューリングがくつろぐ食堂兼休憩室《けんきゆうけいしつ》に、ハルカが飛び込んできた。

「穴拭少尉！　嘘《うそ》つきましたね！」

身体《からだ》にシーツを巻いただけの、あられもない格好のハルカであった。

「約束どおり抱《だ》いてあげるから、なんつって、暗い部屋に人を誘《さそ》っておいて！　途中《とちゆう》で入れ替《か》わるなんて！」

智子は、いやぁ……、とつぶやいて、頬《ほお》をかいた。

後ろから、ほとんど裸《はだか》に近い格好の、ミカ・アホネン大尉が飛び込んできて、ハルカに抱きつく。

「ほらぁ！　いらっしゃいな！　お楽しみの時間は終わってなくってよ！」

「離《はな》して！　離してください！」とじたばたしながら、ハルカは連れ去られていく。

「いいのか？」

とビューリングに尋《たず》ねられ、智子は応えた。

「あなただって嘘ついたじゃないの。必要あらば許されるのよ。〝嘘も方便〟って東洋じゃ言うのよ」

続いて入ってきたのは……、血相を変えたキャサリンであった。

「トモコ！　大変ねー！」

「お前はいつも大変だな。リベリオン人」

「またウルスラがやらかしそうね！　今度は炸薬量《さくやく》五十……」

といった瞬間《しゅんかん》、巨大《きょだい》な爆発音《ばくはつおん》が響《ひび》いてきた。

「ああ、また部屋が一つ吹《ふ》き飛んだね……、これで三つ目ね」

あのロケットの成功に気をよくしたウルスラは、とうとう読書を卒業し、ロケット弾《だん》実験に精を出しているのである。教養より実践《じっせん》、と本人は自分の変化を評した。

「部屋など安いもんだ。放《ほう》っておけ」

と、涼《すず》しい顔でビューリング。

でも、あの子は無事だったのかしら……、と智子が心配そうにつぶやくと、顔を真っ黒にしたウルスラが入ってきた。無言で水を飲むと、部屋を出て行く。そのあとをキャサリンが追いかける。

「ああもう！　せめて外でやるね─！」

次に部屋に飛び込んできたのは……。

サイレンの音だった。

『空襲《くうしゅう》警報。空襲警報。ネウロイの戦爆連合四十、高度四千で進撃《しんげき》中』

ハッキネン大尉の冷静なアナウンスが響く。

そこにエルマ中尉が飛び込んできた。

「ほらあなたたち、お茶はあとにしてください！　出撃しますよ！　先に行ってますからね！

遅《おく》れたら承知しませんよ！」

エルマ中尉はあわただしく飛び出していく。

「いくか」と、ビューリングが立ち上がる。

智子も笑《え》みを浮《う》かべて立ち上がった。

「なあトモコ」

「なあに？」

「今、撃墜《げきつい》数は何機だっけ？」

ちょっと考えて、智子は答えた。

「〝部隊〟撃墜数、百二十七機！」

「個人は？」

智子は明るい笑顔で、叫《さけ》んだ。

「忘れたわ！」

ビューリングと智子はスオムスの空へと、駆《か》け出していった。

# あとがき

空を飛ぶ。

これ以上に魅力《みりょく》的な行為《こうい》があるでしょうか。ぼくはいやない！　と力強く断言できます。そりゃもう断言できるのです。昔よく、空を飛べるようになった夢を見ました。見上げると電線があって、あれに引っかかったら死ぬな、と思いながらテイクオフ。ふわっと体が浮《う》き上がり、航空力学をまったく無視してぼくは空の人となるのです。

これで絶対遅刻《ちこく》しねーなー、とにやにや笑《え》みを浮かべ、泳いでる感じに近いな、と感想を漏《も》らしながら、空気を裂《さ》いて大空を飛行するのですが……、朝になると覚めるわけで。

大戦中のレシプロ戦闘機《せんとうき》が好きです。

現代の飛行機にはない、油のにおいが漂《ただよ》ってくる感じとか、機械がこすれあう感じとか、コンピューターを介《かい》さずに、人間の力だけで操縦するという機体に強く憧《あこが》れるのですね。昔の飛行機ってすごく単純なんです。内部構造って、基本的にエンジンが機首についてて、あとは各《かく》舵《だ》をつなぐワイヤーが入っているだけ。これがこうなって、飛ぶ、というのが感覚的に伝わってきてたまらないですね。

そんな二つの憧れを足したストライクウィッチーズです。よろしくお願いします。

ヤマグチノボル

# 解説

## 「ストライクウィッチーズ」企画の成り立ち

鈴木貴昭
（『ストライクウィッチーズ』ワールドコーディネーター）

二〇〇三年に、一つのメディアミックス企画《きかく》が立ち上がり、そのキャラクターデザインを、島田フミカネ氏にお願いしたい、との話になりました。当初は別な企画でお願いしようと、考えていたのですが、顔合わせの後、企画内容として氏が描《か》き溜《た》めていた擬人化《ぎじんか》兵器少女の提案を頂き、元々仕込んでいた企画と融合《ゆうごう》して誕生したのが、このストライクウィッチーズです。

実際に制作に入ると、内容のハードルが高く、また現場もメカと美少女の双方《そうほう》が描ける人でなくては描くことが難しく、予想以上に開発は難航しました。

ですが、まずコンプティーク編集部のご好意で、コンプエース誌の創刊と同時に版権と解説の連載《れんさい》が始まり、今ようやく皆様《みなさま》の手にあるこの小説と、次にはフィギュア＋画集＋プロモーションムービー（PV）というところまでこぎ着けた次第《しだい》です。

本作は元々メディアミックス作品として立ち上げられた企画なので、複数の戦場が最初から用意されています。東部戦線、西部戦線、北欧《ほくおう》、アフリカ、太平洋と大きく分けて五箇所《かしょ》での戦いが続き、長年の戦いによって、あるメディアでは新兵だったキャラクターが、他のメディアではベテランとして登場することも有り得ます。

この小説版は大戦初期の北欧が舞台《ぶたい》となり、アニメ版は大戦後期の西部戦線が舞台になっています。小説でのあるキャラクターの活躍《かつやく》が、PVにも影響《えいきょう》を与《あた》えていますので、双方を見比べてみると、面白《おもしろ》いかもしれません。


**ストライクウィッチーズ、小説版に寄せて　島田フミカネ（キャラクター原案）**

キャラクター原案者としてもう二年越《ご》しの付き合いとなるストライクウィッチーズですが、制作期間中に立体物や専門書籍《しょせき》等の充実《じゅうじつ》もあり、この作品を楽しんでいただける素地も次第に出来上がっていったと思います。

世界設定に関してはスタッフの皆さんと協力して作ったものですが、唯一《ゆいいつ》原案者として強く主張させてもらったのが、「鬱《うつ》展開はしない」ということでした。

もちろん題材が題材だけに、ただのいけいけドンドンでいいということではありません。彼女たちには守りたい人や世界があり、だからこそ、自ら望んで最前線に立つ強さを持てるのです。

そこでこの小説版ですが、登場人物はみな何がしかの問題を抱《かか》え、北欧の小国に追放同然に送り込まれた「いらん子部隊」です。

著者のヤマグチ氏にも暗い話は避《さ》けてほしいとお願いはしていましたが、自国で仲間もなく、

いらん子といわれた彼女たちが最後に見せる連帯と使命感は、まさに思っていた通りの、前向きな明るさに溢《あふ》れた成長物語となっていました。

彼女たちの住む世界は決して楽観できるような状態にはありませんが、彼女たち一人一人の前向きな頑張《がんば》りが少しずつでも世界を良くしていく。そういうお話を小説版以下、他のメディアでも楽しんでいただけるよう努力しております。

**（付記）『ストライクウィッチーズ』の世界**

**○その世界**

我々の地球と良く似ているが、魔力《まりょく》が存在する世界。その力は、魔女の末裔《まつえい》と呼ばれる、遺伝的に能力を持った人間だけが使えるものだった。そしてそれらの人間は、圧倒《あっとう》的に女性が多く、更《さら》にある程度の年齢《ねんれい》になると、魔力を失うことが多い。普通《ふつう》は成人前に失うが、ごくまれに一生魔力を持つ者もおり、その場合は非常に強力な魔力を持っているのが通例だった。

だが、そのような一部の人間以外は、その力で出来るのは、せいぜい魔力のフィールドを作ったり、ちょっとした物を動かす程度で、あまり役には立たない。まれに、箒《ほうき》を使って空を飛べる人間がいた位である。ごく一部を除いて、役に立つのか立たないのか判《わか》らない程度の力、それが魔力だった。

しかし、魔力のフィールドは、それで周囲から身を守ることが出来、更にそれを近くの人間にも効果を及《およ》ぼすのが可能だった。そこで、時の権力者はこぞって彼女らを護衛として雇《やと》いいれた。更に、何故《なぜ》か彼女たちは容姿に優《すぐ》れた者が多く、必然的に彼らの寵愛《ちょうあい》を受けることも少なくない。こうして、権力と結びついた魔女たちは、世界にとって無くてはならない重要な存在となる。戦いの場において戦士と共に立つ魔女や、権力者を暗殺や不慮《ふりょ》の事故から守る存在、こういった公私共に安全を守る者として、権力者のみならず、一般《いっぱん》市民も出来るだけ魔女を伴《はん》侶《りょ》に欲していく。

ギリシャ、ローマの伝統と歴史を受け継《つ》いだ欧州世界は、多神教の世界であり、地方的な宗教として絶対神を祭る一神教が発生することもあるが、それはあくまでもローカルな宗教であった。その状況《じょうきょう》では、これらの魔女たちは多くの神々から力を得ている、と考えられ、それぞれの神殿《しんでん》の巫女《みこ》となるケースも多かった。

はるか極東に位置する島国、扶桑国においても状況は同じであった。元来八百万《やおよろず》の神々がいると思われていた国であり、魔女がそれぞれの神社に仕える巫女となるのは当然だった。

そして、前述のように、彼女らを求める人は多く、神殿や神社は、彼女らの魔力に磨《みが》きをかける学校のような存在となっていく。ここで彼女らは魔力の効果的な使い方を学び、それを洗練させ、戦士や権力者のパートナーとなる様々な事柄《ことがら》を学んでいく。そして、男たちは競《きそ》って神殿を訪《おとず》れ、出来るだけ見目麗《みめうるわ》しく、魔力の強い伴侶を得ようと努力する。魔力の無い女性は、この風潮を打破しようと考えたことも少なくないが、むしろ数少ない魔力を持つ男性と関係を結び、自らの子に将来を託《たく》す者もいた。更《さら》に、魔力が発現していなかった少女も、周囲に魔力が多い者がいると、発現することもあり、親は娘《むすめ》を積極的に神殿へと通わせた。

こうして世界全体は、魔力を持つ女性が増えていった。

○魔力革命

16世紀から17世紀にかけて、東洋と西洋の双方《そうほう》が新大陸へと進出、一挙に商業圏《けん》が世界的規模へと拡大していった。その結果、新大陸からの原材料を輸入、それを付加価値の高い商品へと加工して輸出することが活発化していく。それにより、工業のより一層の効率化が求められ、東西で様々な技術革新が行われていく。

その結果として、魔力の活用を考えた人間がいた。ブリタニアの魔女、ジェイミー・ワットは蒸気機関の効率化を研究しているうちに、魔力を機械で増幅《ぞうふく》する術を発見する。蒸気機関で増幅された魔力は、今までの何倍もの力を発揮して、重要な労働力を提供でき、魔女は各所で引く手あまたとなった。こうして、大規模な工業化が可能となったので、その結果生じた商品や原材料、そして人員を大量かつ高速に輸送するためのシステムが必要となった。ここでも、有益性が明確になった魔力が活用され、様々な交通機関が誕生する。

こうして動力源として活用され始めた魔力だが、その効率は能力者の資質によって大きく変化する。また、一定時間以上働けば消耗《しょうもう》してしまい、24時間工場を稼動《かどう》させるのは不可能だった。これは企業《きぎょう》側の論理からすれば、安定した動力を供給するのが難しいために、生産計画が組みにくい。特に交通などではそれは致命《ちめい》的であり、大量の人員の確保と同時に、増幅機械の性能向上が積極的に図《はか》られた。

その過程で、機械を魔力の増幅のみならず、それ自体を通常の動力として使用する研究も開始された。特にその研究は船舶《せんぱく》用動力において顕著《けんちょ》であった。それは、魔力は大きな水を超《こ》えられず、海上では帆走《はんそう》が中心で、魔力に頼れなかったからである。

**○飛行機の開発**

1903年12月、ライト姉妹が動力式飛行機械を開発した。これは、それまでの箒での飛行とは全く異なる、魔力《まりょく》を機械で増幅して飛行するシステムだった。

既《すで》に18世紀に飛行船も発明され、遊覧飛行などに提供されていたが、自由度の低い飛行船とは異なり、自由に飛ぶ可能性を持った飛行機械は、空への憧《あこが》れを持つ人間に大きな影響《えいきょう》を与《あた》え、積極的開発が進んだ。そして、二つの方向へと進化していく。

一つは、従来の箒飛行からの発展で、魔女が機械を身につけ、自ら飛行するタイプ。

もう一つは、魔女《まじょ》の力を増幅することは同じだが、複数の魔女が協力し、機械を載《の》せたシステムを飛ばすタイプに。そして、このタイプは、魔女の力無しでも飛べる、つまり誰《だれ》でも空を飛べる機械の開発へと繋《つな》がっていく。だが、飛行機械に搭載《とうさい》できるほどコンパクトで効率的な動力機械の開発は困難で、なかなか実用的な航空機は完成しなかった。こうして、当然ながら動力部の問題がすでに解決している、魔女が身につけるタイプが発達していくのは自明だった。

### ○敵の出現

魔力革命によって、大々的に魔力を使用するようになり、更に増幅機械が発達した頃《ころ》、世界中で異形の物が目撃《もくげき》されることが多くなった。それまでにも発見例は時々あったが、魔力革命以降、それは飛躍《ひやく》的に増大する。

世界各地に出没《しゅつぼつ》した異形の存在、それらは瘴気《しょうき》を撒《ま》き散らし、大地を腐敗《ふはい》させ、金属を根こそぎ吸い尽《つ》くし、人類のテリトリーを侵《おか》していった。強力な瘴気によって、普通《ふつう》の兵士たちでは太刀《たち》打ちが出来ず、なすすべなく後退を続ける人類。かろうじて、それらが、水を渡《わた》るのに手こずっていたので、大河を防衛線として、遠距離《えんきより》からの攻撃《こうげき》で食い止めるのが精一杯《せいいっぱい》だった。

その時、魔女を戦線に投入することを考え付いた者がいた。古来戦士の伴侶《はんりよ》として、その身を守る者だった存在。そして、魔女の張るフィールドは、敵の瘴気を遮《さえぎ》るのも可能だった。

当初は通常の軍隊を守る存在として、そして飛行システムの洗練と進化に伴《ともな》い、自ら機械をまとって空を飛び、敵と戦う存在として彼女らは戦場に赴《おもむ》く。

## ○ウィッチーズの誕生

こうして、戦線に投入された魔女たち。彼女らは、自分の魔力を機械によって増幅し、普通では重くて持つことも難しい兵器を軽々と操り、自在に空を飛行し、敵の攻撃をフィールドで受け止める。空を駆《か》ける戦乙女《おとめ》、彼女らは救国の英雄《えいゆう》として、民衆の尊敬と憧憬の対象となっていく。そして、世界各国から集められた彼女たちは、「ストライクウィッチーズ」と呼ばれるようになった。

扶桑皇国
Fuso
扶桑皇国陸軍 Imperial ARMY
Takeko Katoh
加藤武子
Masuzu Suwa
諏訪真寿々
Amaki Suwa
諏訪天姫
戦友
姉妹
戦友
戦友
扶桑皇国海軍 Imperial NAVY
Tomoko Anabuki
穴拭智子
Haruka Sakomizu
迫水ハルカ
Mio Sakamoto
坂本美緒
憧れ
チームメイト
上官
上官
チームメイト
チームメイト
チームメイト
帝政カールスラント
Karlsland
Ursula Hartmann
ウルスラ
ハルトマン
Erica Hartmann
エーリカ
ハルトマン
姉妹
Yoshika Miyafuji
宮藤芳佳

# STRIKE WITCHES
Shimada Humikane & Projekt Kagonish

# CORRE-LATION DIAGRAM

（付録）
ストライクウィッチーズ
キャラクター相関図

# ストライク・ウィッチーズ

## スオムスいらん子中隊《こちゅうたい》がんばる

著：ヤマグチノボル

原作：島田《しまだ》フミカネ＆
Projekt《プロイエクト》 Kagonish《カーゴニッシュ》

角川文庫 14407



平成十八年十月一日 初版発行
平成二十年十月二十五日 六版発行

発行者—井上伸一郎
発行所—株式会社角川書店
東京都千代田区富士見二—十三—三
電話・編集（〇三）三二三八—八六九四
〒一〇二—八〇七八
発売元—株式会社角川グループパブリッシング
東京都千代田区富士見二—十三—三
電話・営業（〇三）三二三八—八五二一
〒一〇二—八一七七
http://www.kadokawa.co.jp
印刷所—暁印刷 製本所—BBC
装幀者—杉浦康平



定価はカバーに明記してあります。



S 129-11 ISBN4-04-424605-X C0193